黄渤 ——— 著

一出好戏

黄湛中

上海社会科学院出版社

这是一封邀请函

—— 韩寒

这个夏天有几部想看许久的国产片，《一出好戏》可能是最期待之一了。和很多人不同，你们可能是看到宣传刚开始期待，而我从得知开拍消息便开始了。算算都快两年了。

很简单，就因为这是黄渤导演的电影。大家都看过黄渤当演员的样子，你也知道这样一个可以演大喜剧，也可以演大悲剧，驾驭角色的宽度可以从北极到赤道的男演员在中国是多么少见。但黄渤导演电影，我们还真的都没见过。

一个优秀的演员转型成好导演，这是很常见的，各种例子不胜枚举。现在中国最优秀的几个导演中，很多都是从表演开始。我在这里不能多给黄渤立 flag，但我相信他想表达的那些。这是他迟早要做的事情。

我和黄渤老师曾经在某个晚上一起探讨一个故事，也不是多么正式的剧本会，五个小时，整整五个小时，他没有看一眼手机。我确定他的手机不是被偷了。这其实不容易，从这个细节里，你就能看出不少内容。而且在探讨中，无论是对剧本解读的专业程度，还是他能给予创作者的灵感，都让人觉得他就应该成为一个创作者，创作除了表演以外的那些事物。对于表演，他已经在山之高处，而不同的山之巅峰之间，对那些有准备又努力，而且有天赋的人来说，是那么近。

看了预告片，我觉得《一出好戏》是一个绝地求生中现人间百态的故事，呈现的是众生相。用这本同名小说里的一句话来说，即"万物是有关联的，你不要觉得很多东西是玄学，其实都是有道理的"。这部戏就是黄渤的道理，是我想在零点场就去听和看的光影之梦。

末日来临，你准备好了吗？

序章

天地不仁，以万物为刍狗。

无疆的太空中，千万年的相隔，不过咫尺一瞬。一颗模样怪异的陨石正在高速移动。

我们逐渐能听清的是只属于人类的惶恐。

当撞击来临的一刻，仿佛星云在哂笑。

1

广场上，几个女学生点起蜡烛祈祷，旁边的人正在牌子上写着"末日危机"的字样。但他们很快停了下来，看着一队人念经前行，从他们当中穿过。烟雾缭绕中有人呢喃着，领头的人举着巨大的画像，步履蹒跚。队尾有几个人在鞭打着自己，发出痛苦的哀号，行人不敢说话，这痛苦的声音便传递得更加清晰。

在仅仅一街相隔的另一边，大屏幕上滚动播报着有关陨石和末日的新闻："概率不断增高……海啸……相信……谣言，盲目和愚昧……"支离破碎的字眼传递出掩饰不住的恐惧。高楼上，两三名工人悬在摇晃的细绳上，在某楼盘的巨大广告牌上添加陨石图案——"陨石来了，你还没住进梦想的房子吗？"在广告牌下面的快捷酒店门外，悬挂着"房间已满"的告示牌。这一切组成了一幅荒诞不经的画面。

不论抓住的是狂欢的尾巴还是救命的稻草，人们都在试图隐藏自己心中的慌张。

烈日当空，一阵狂风袭来，又快速飘散。

末日到来与否对马进来说并没有区别，他和水泥森林中如蚁般的人群一样四处乱窜着,毫无目的地忙碌。他并不关心有关陨石的种种讨论,仿佛对即将到来的灾祸毫不自知。

马进最在乎的是自己包里的十万块钱,他像揣着命一样地揣着包,不断地避免冲撞到拥挤的人群。没人能碰得到马进的包,他身后抱着一尊金蟾雕塑的堂弟也不能。

"小兴,你快点。"马进头也不回地说。

今天就要跟以前的日子都不一样了。在马进的心里,他对这一点坚信不疑,因为他就要过上成功的生活了。哪怕他根本不知道所谓的成功是什么样子,但只要能说服对方购买他推荐的理财产品,他就再也不会为了下个月的房租而在反复掂量后放弃一次打车,逼着自己早起半个小时,拖着疲惫的身体挤上地铁。他嘴里念念有词,钻进了一栋建筑的阴影,像被突然吃掉了一样。

马进用力把十万块钱推到雷总面前。

"十万,您点点。"他又将另外两千块钱放在了上面,胸有成竹地说道,"这是利息。"

桌子另一端坐着雷总,脸上的墨镜让他显得高深莫测。雷总用手拍着十万块钱,随意地翻了几下,一言不发。

雷总的衣着打扮将马进自己都不曾注意到的拮据放大。马进掖了几下不合身的衣服,放下袖子藏起借来的手表,并尽量隐藏自己的动作,在腿上擦了擦手心的汗。

马进心里默念着准备好的台词,眼睛却总是忍不住瞄着雷总轻轻捏搓那摞钱。那动作就像在翻一本不怎么好看的书,书页化成无数转动的风扇,嗡嗡地鸣响,仿佛永远不会停下,让人平添烦躁。

这次,我一定能成功。马进试图扫除眼前的不安,在心里不停地给自己加深信念。但他没想到,雷总没说别的,反倒问起了站在他身后的堂弟。这当然不在他预设的二十一种开场白里,他有些急了。

"抱着干吗,放桌上啊。"

马进看着小兴笨拙地把金蟾雕塑放在雷总的办公桌上,用眼神示意他摆错了方向,但小兴毫无反应地回到了自己刚才的位置。雕塑上四个金光闪闪的大字对着马进——财源滚滚。

雷总突然摘掉墨镜,眼中饱含热泪,冲马进竖起大拇指。

"这么些年了,从我这儿出去的钱,你是唯一主动还回来的。"

马进知道对方能留给自己的机会并不多,他慌忙接话:"我这还真碰到一个用金融杠杆撬动收益的好项目,还有点缺口。"

马进接完这句话,心里有谱多了,他等着雷总的下一句。

"缺多少钱?"

果然!

"二十万。"

马进气冲冲地挤上拥挤的地铁,看着熟练地挤进车厢深处的小兴和身边麻木的人群,他觉得自己不属于这里,脑海里印着的只有雷总最后的口型。

"这是什么啊?"雷总指着办公桌上的金蟾雕塑,显得很好奇。

马进尴尬地接话:"财源滚滚。"

雷总倒吸一口气,故意装出恍然大悟的表情。他拿手挡住了前三个字,张了张嘴。

"滚!"

马进在人群中大喊一声,把周围的人吓了一跳。一名正在看报纸的老大爷抬头瞥了他一眼,继续低头看"陨石坠落之变"的相关报道。人群也很快恢复了正常。马进将淤积在心的郁闷发泄出来,却如一颗扔进池塘的碎石子,只激起了几圈涟漪。但又一次巨大的打击,连同过去十几年里一次次的失败一起压在他的身上:拥挤灰暗的房间,同事的嘲笑和轻蔑,事业的失败和破产的账单……不知哪一次就会成为压死骆驼的最后一根稻草。马进知道自己的成功又没了,令人痛苦的穷日子不知道还要挨多久。

"穷人永远是穷人,富人永远是富人。"

马进从牙缝里用力地挤出这句话,他希望小兴能够记着。他看了看车窗外,地铁正带着燥热的空气,冲向远处的黑暗。

2

小兴看着堂哥从自己手里拿走了彩票，夹进被堂哥奉若神明的《成功学》中。

马进仔细地将书页上的皱褶辗平，露出上面标满的歪歪扭扭的笔记，他看了几眼，然后将书放进了自己的胸口处，像把自己的心硬生生地塞进空虚的身体。

"还是老号码。"小兴看着马进把书揣了回去，对自己完成任务很满意。他伸出手去要钱，却被直接打掉。

"行了，等中了奖有你一份儿。要不是我二叔是你后爹，我才懒得管你。我真不该把你从汽车修理厂拉出来，应该让你摸一辈子油泥。"

小兴听到这句话赶紧把手收了回去。他这辈子再也不想回到车底，那里黑漆漆的，分不清楚白天和黑夜。直到有一天堂哥把他介绍到公司上班，哪怕夜里加班到再晚都有亮堂堂的灯光，他才有了本该属于二十几岁这个年纪的光明。想到这里，他仿佛又闻到了那股刺鼻的汽油味，好像是从他身体里散发出来的一样。

小兴低头看到裤子上有一滴油渍，他局促地试图在拥挤的人群中寻找能让他蹭掉油污的缝隙。他抬头看到车厢上不时明灭的小灯管，隔上几秒就以稳定的频率闪烁着。他认真地观察着灯管的型号，心想如果是自己的话，很快就能修好了。

其实小兴很擅长维修工作，这么多年一直是优秀员工，但这种优秀让他在城市里的这几年一无所有。一无所有的意思就是没钱。他无法以曾经幻想过的方式回到乡下的老家，更无法兑现曾经懵懂的有关爱情的承诺，他只能离开家乡，甚至回避提起这两个字。

一个毛头小伙子，非但没能衣锦还乡或者混出点名堂，反而不得不伺候更多缠绕着肮脏泥泞的机器，甚至还得给其他上年纪的师傅们清洗油腻的衣物，他身上渐渐地积聚起了一股连自己都没有意识到的生命力，而这股原始的潜能，对那些在城市里上完大学、打着哈欠泡着网吧就能找到好工作和女友的人来说，是难以想象的。

小兴跟裤子上的油污较上了劲，不知道是在哪里蹭到的油，他回想不起来了，但那让他想起他在车底摸爬的日子。他每天抬头只能看到冰冷的钢筋铁骨纵横交错地盘踞在一起，自己就这样不分昼夜机械地维修着，身体也像一颗螺丝，一点点地被拧进地里。太累的时候他甚至就这样在车底下睡着过，直到被刺鼻的汽油味呛醒。

此时小兴看着堂哥忿忿不平的表情，不知道今天马进让自己来的意义，但他相信这几年来一直带着他的堂哥不会骗他，他期许着某一天堂哥能够真正地以他为傲。小兴心里这样想着，回想起刚才在雷总的办公室里，马进用眼神对他表示满意。他腼腆地笑了笑，蹭得更加使劲了。

"知道全世界最有钱的国家是哪个吗？欠外债最多的国家是哪个？都是美国！借鸡下蛋是我们经济界亘古不变的真理！"马进嫌弃地瞥了一眼身边挤过来的乘客。车厢里的人越来越多，更加拥挤了。

但小兴不觉得挤，这里比车底下可宽敞多了。他努力地用身体为马进撑开一片空间，就像是给堂哥一个演说的讲台，听他继续慷慨激昂。

一开始小兴不能理解堂哥的思路，马进总是会讲些他听不懂的话。他甚至会感到风险，觉得冒险极有可能会带来危险，并不能理解其中关于成功的魅力。后来马进对成功的欲望逐渐感染了他，听马进讲述关于彩票的种种魅力以及投资的波折和细节，分享自己的渴望以及细碎的喜悦，他开始与马进一起担心，一起关注彩票的信息，并且一起体会幻想中的成功带来的诱人的幸福。慢慢地，他一个人在家里时会期待马进回来，不论在公司加班到多晚，他都会毫无睡意地等待着堂哥带回来的消息，在拥挤的小床上望着滴水的天花板，听马进描述有关未来的好日子。

就在这时,地铁猛然一个急刹车,车厢里的灯忽闪了几下,突然全灭了。在一片伸手不见五指的漆黑之中,人群惊慌地议论着:难道是一直担心的陨石来了?起先还是微小的声音,然后逐渐连成片,有关陨石的讨论让人们精神紧张,不安的情绪在黑暗中随着时间的流逝不断滋长。短短几分钟的时间仿佛被拉长为半个小时,车厢里的灯再次亮起之后,拥挤的人群终于松了一口气,等到地铁缓缓恢复行驶才确定是虚惊一场。

"哥,要真中了大奖,你想干吗?"小兴忍不住问了句。

"先买辆兰博基尼!"

"给姗姗?"

小兴故意开了个玩笑,他知道马进心里永远都想着公司里的姗姗姐,但他总是不敢表白,在她离婚后也不敢表达心意。小兴倒是替堂哥着急,他无法追求自己的爱情,所以他打心底里头希望堂哥可以,他甚至觉得堂哥能够活成自己不敢幻想的样子。公司里的八卦都说张总也在私下追求姗姗姐,不过他相信姗姗姐肯定不是那样的人。

"那得买玛莎拉蒂啊,适合她!你想要什么车?送你!"马进说着也乐了。

"我不要,我还得买私人飞机呢。"

"光想着造了,还得把CBD七百多间底商拿下来,咱得为后面想啊。"

  两个人越说越开心，小兴相信堂哥什么都能做到，而且无论如何都会带着他，就像之前一样，堂哥能让他看到阳光。

  想到这儿小兴手上一使劲，刚才的那点油污终于被搓没了。他抬头看了眼车窗外，地铁正带着燥热的空气，冲出黑暗驶进站台，突然进入了光明。

  马进跟这地铁里所有的人都不一样。小兴心里非常认同这一点。

3

王根基,这个名字已经很多年没有被人叫过了。

此时他正趴在方向盘上,透过挡风玻璃看着外面的一群人聚集在"冲浪鸭"边上,就像他曾经在动物园当饲养训练员时,隔着厚厚的玻璃看动物一样。只要一声哨响,动物们就会聚过来,动物是有纪律的。他喜欢纪律,这跟他早年当过野战兵的经历有关。即便到今天,他依然保持着部队的作息时间。

现在,他的名字叫司机小王。

这帮人不守纪律,小王在心里面想着。说好的九点出发,这些人却不着急,还在跟"冲浪鸭"合影。当然他对自己的这辆"冲浪鸭"非常满意,车的整体外形似车似船,被黄色颜料覆盖,流线形的底部嵌着四个天蓝色的轮胎,头部延伸出来作为船头,夸张地涂上了鸭嘴。虽然造型滑稽扎眼,但安全可靠。

叽叽喳喳的人群中,小王看到跟他打过电话的老潘在不耐烦地看表催着时间。

"真把团建当旅游了啊?"老潘在人群中嚷着,"还有谁没到啊?"

总算还有个有纪律观念的,小王这么想。

"张总没到。"

"张总……"

老潘的话音未落,一辆高档轿车驶来停下。他立马换了脸色,箭步迎上,打开车门。

小王看了眼从车上下来的人,那个应该就是张总了。张总跟大家问好,又开始了新一轮的寒暄。

果真是一群没有纪律的人啊。小王心里着急,等他们上车后不等大家坐好就发动了车。但他没想到,车刚发动就有两个人跳着拍窗,发出令他恼火的"砰砰砰"的声音。

"停车!停车!"

小王只看到两颗脑袋张着嘴大喊,时隐时现。

迟到,不注意安全。小王心里想着,摸了摸自己头上画着"冲浪鸭"的帽子。

"这个马进,吃屎都赶不上热的。"小王没回头就听见老潘的声音。

"我们这是去吃屎吗?"这是张总的声音。

"口误,口误。"

有些烦躁的小王反而笑了,他知道老潘短时间内不会再说话了,跟动物一样。他再次发动了车。

刚刚爬上车的人正是马进和小兴。

对马进来说,现在最重要的就是彩票。因为今天就是彩票开奖的日子,平时他都会第一时间抱着手机核对中奖信息。这组号码他买了很多年,也是他坚信能改变命运的机会。但团建也是他志在必得的机会,公司即将上市的消息早已经在同事间传开,每个人都各怀心事各有打算,挤破头想多捞一份好处。马进猜测这次路上张总很有可能会宣布重要的消息,念在自己作为老员工为公司服务多年的情面上,他相信自己也能分到一杯羹。所以即便他还欠着公司同事们的钱,明知道这一趟他将面对冷嘲热讽,他也不能放弃这个机会。

对于已经跌落到谷底的人来说,哪怕有一丁点改变的希望都不会放过。

所以,当马进带着小兴掂着两个袋子卖力地奔跑的时候,他眼前的不是缓缓启动的"冲浪鸭",而是能够带领他离开贫穷的崭新生活。

马进拼命地奔跑,终于追上了"冲浪鸭",呼哧呼哧地迎面撞上老潘怒斥的脸。

"出去玩嘛,我给大家买了点水。"马进习惯性地低声赔着不是,走过之处左右分发饮料。

"拎这么大袋子,我还以为是来还钱的呢!"

催促还钱的话马进在公司里几乎每天都能听到,他也早就习惯了这种嘲笑。自从他不断地失败以来,随着自己的一步步低落,从高管到主管再到普通员工甚至前台,公司里对他的鄙视与他失败的速度呈正比,且不断加速。这也让马进彻底看清了公司这帮人的嘴脸,混成了今天这副混不吝的样子。其实脸皮变厚也是个简单的重复过程,一次次地巴掌打上来,脸上的茧子也就磨出来了。

马进熟练地岔开话题,转头对着保安赵天龙。

"哎,赵天龙,出来玩还穿制服?"

赵天龙笑了笑:"我也不知道团建是啥意思。"

"嗬!还带着家伙事儿呢。挺精神!"马进说着伸手碰了一下挂在赵天龙腰间的手铐。他知道那是赵天龙在公司最值得炫耀的工具,虽然没人真正看得起保安,但赵天龙会时不时地拿出手铐甩几下,总幻想自己是一名真正的警察。其实那手铐只是在网上买的仿制品,和城市里所有背着假名牌的年轻人一样,为的是满足自己微不足道的自尊心。

稍往前,马进路过被人围在中间的史教授,他也在电视上看到过一些节目,所谓的知名学者总带着油腻讲着空泛的道理。

此时史教授正在分享关于陨石的信息,享受着众星捧月的感觉。

"我已经说过很多次了,陨石坠落一说,纯属杞人忧天。北宋时期就有文章写道'常州日禺时,天有大声如雷,乃一大星,几如月',最后不也没事吗?"

"史教授,你怎么懂这么多啊?"旁边的女实习生美佳露出崇拜的眼神。

史教授瞥了一眼小姑娘青春的胸口，眼神里流露出对光滑肌肤的向往，但在周围目光的注视下还有些局促。早年间在校园里，他也有过意气风发的日子，可暧昧不清的传闻让他不得不离开。现在这些事情都被他掩埋起来，为了更高的酬劳，也为了和更多年轻姑娘们接触的机会，他才来到这个公司担任名誉顾问。

"万物都是有关联的，很多东西你不要觉得是玄学，其实都是有道理的。你把手给我，我帮你看看手相。"

美佳顺从地将手交给他，期待地说："帮我看看事业线呗。"

史教授捏住美佳的手，不自觉地摸了一下，手指顺着掌纹轻轻地滑过，向粉嫩的胳膊推送了半寸。他极力地掩饰尴尬，认真地眯着眼睛，准备发表长篇大论，但喉头有些发紧。

"这个真不用他看，你事业线肯定不如 Lucy。"

一阵哄笑声驱散了史教授的尴尬，他正想干笑几声，却发觉身份不妥，放下了捏着的小手。

而前台 Lucy 已经笑着跟开玩笑的男同事打闹了起来，丰满的胸部不知是有意还是无意地摇曳出几分春光，像颗剥了个小口的鲜嫩荔枝。当她看到马进过来的时候，眼角快速而分明地递出了一丝不屑，但很快就回到了她擅长的嬉闹之中，像什么都没发生过。

马进避开这一出出的闹剧，他把所有的人情世故都看在眼里，同时明白这些都跟他没有关系。他在乎的只有钱，以及坐在前排的姗姗。

马进一路走到姗姗旁边，递给她一瓶专门为她准备的饮料。

"姗姗。"

"不用，谢谢。"

"热的。"

"我有。"姗姗连头都没抬。

"有热的？"坐在第一排的张总回过头。

被晾在过道上的马进进退两难，听到小兴在身后叫自己，只能尴尬地赔个笑脸，把饮料给了张总，张总看了两下又把饮料递给了身边的保洁齐姐。自己每一次的精心准备都会无疾而终，尤其是在面对姗姗的时候。马进无奈地往后，走到小兴旁边坐下。

人在成功以后，就是别人连名字都不敢叫。马进远远地盯着张总，更加渴望这种成功的感觉。

张继强，这个名字已经很多年没有被人叫过了。

但他自己清楚地记着这个名字，而在不久前递交的上市审核表的法人信息一栏里，也清晰地写着这三个字——张继强。

只不过，他现在的名字叫张总。

张总望着窗外，目光越过海面看到海边的一排矮旧房屋，想起了当初几个人在小隔间里创业的日子。这十几年来，公司一步步走到今天，从一个小隔间到四层大楼，到自己曾经梦寐以求、现在唾手可得的上市。为了今天，他拼命地工作，经常连续几十个小时不合眼，但他觉得自己值了。他回头看了看车上的员工，气氛愉快，有说有笑；看似随意，却泾渭分明。公司的几位高层——总经理老余、主管人事的杨朔、做销售的孟辉，还有负责财务的王宏坐在前排，和平时一样聊着公司的业务，多少话是说给他听的，多少话是互相掖着的细针，他心里敞亮，但不会说出来。

这一车坐着二十八个员工。保镖杨洪寸步不离地坐在一边，强壮厚实的肩颈肉彰显着威风；前台 Lucy 言笑晏晏，正跟一名男同事打闹；几个年轻的孩子聊着八卦，保安赵天龙今天还穿了制服，还有几个男孩在打扑克。边上那个睡着的人叫什么来着？哦，还有史教授，正在跟旁边的女实习生侃天说地，评论着乘坐的海陆两用车。这一切的热闹、欢乐、算计、失落，都是他的。

张总把热饮递给身边的保洁齐姐，让她就着自己手里的零食喝。他知道怎么用这些人，不过就是一点小恩小惠罢了。他也看到了坐在后面的老潘用余光瞥了他几次，不过是刚才被他训了一句，老潘就像个做错事的孩子，拼命寻找合适的机会表现。还有史教授，是个有大学问的人，上过电视节目，虽然他也没看过几次，但他知道怎么应对这些所谓的知识分子。公司做得越大，也就越需要看得见的文化，就像城里刷不完的新漆和建不完的文化广场，史教授让自己对员工们的洗脑增添了不可或缺的理论依据。人嘛，都一样，更何况他还给了史教授不菲的外聘费用。

姗姗也一样。

张总回头看着姗姗，想起在出发前和女儿的视频通话，他细心地叮嘱女儿，并告诉她自己马上会回家。和很多有家庭的中年男人一样，张总不知道自己敢不敢迈出那一步，但是他喜欢去触碰这方寸之间的痒，而且这块儿地方就像是他成功的一部分，他知道自己有这个资本去玩。

姗姗坐在过道边上，正吃着山楂条。她突然抬头迎上了张总的目光，然后把山楂条递了过去。

张总从袋口的缝隙中抽出一根山楂条，满足地推入口中，黏稠的目光还盯着姗姗。他吮吸了一下自己的手指，一副意犹未尽的样子。

张总看着满车的员工越发有自信，对他来说，所有的事情都不过是小事。他觉得自己应该劝劝姗姗，用成功人士那惯用的熟悉的口吻。

"姗姗，谁都有坎儿，过去也就过去了。"

马进看了眼手机，算着开奖的时间，但目光一直直勾勾地盯着前方的张总和姗姗。他感到自己和那里之间有着永远迈不过去的距离。

"别看了,跟你没关系。就那款高息理财,你居然把跟我们借的三十万都赔光了。认命吧。"其他同事调侃的声音把马进拉了回来。

"对,这还真是个命!你要不是有个爹供着,你能只用三年爬我头上?咱俩把爹换了,再给你五年也追不上我!"

"行了,别吹了。这陨石真要掉下来,你那钱是不是就不用还了。"

马进看到张总带着几分暧昧的表情拿走山楂条,彻底急了:"真掉下来,我到那边用纸钱还你!"

"我哥昨天还把借的十万还给别人了。"坐在一边的小兴帮腔道。

马进白了小兴一眼没说话,他已经习惯了身边的这位傻弟弟。

这时候"冲浪鸭"驶进大海,激起一阵浪花。周围的人都很兴奋,马进却着急地看了看手机,他害怕没有信号,慌忙低头继续摆弄手机。

司机小王在听到乘客们照例爆发欢呼后露出笑容,他每次都很享受这样的欢呼声。只要有人喜欢这辆车,他就会觉得很开心,但他并不清楚他喜欢的是不是这种一成不变的生活。

海面平静,"冲浪鸭"行驶平稳后,小王拿出麦克风,离开驾驶座，转身跟大家说起旅游公司安排的套词。他试了试麦克风，麦克风发出尖锐的啸叫，惊醒了几名睡着的乘客。

"乘风破浪在今日！啊！可爱的'冲浪鸭'行驶在碧蓝的大海之上。"

小王黝黑的脸上挂满喜庆，歪戴着的帽子更添几分喜感，他用生涩可笑的腔调朗读着念过无数遍的开场白。其实干了这么久，小王依旧不习惯这一套，但这是公司的纪律，他只知道既然定了就要执行。

"你们可能对乘坐的'冲浪鸭'很好奇，这种船呢，在'二战'时是作为登陆艇使用的……"

"诺曼底登陆牺牲五万多人，登陆艇损失惨重。"史教授突然发言。

小王感到很意外，这是第一次有人跟他探讨有关军事的话题，他定神看了看这位戴眼镜的乘客。

"我当过兵，对这船很了解，绝对安全！出任何问题我负责！"小王用力拍了拍座椅和车窗，他对自己的车很有信心，"大家可以放一百个心，我们公司的'冲浪鸭'是绝对保证安全的，就算出事儿，你们的票钱里也都含有保险费。下面，我来讲解安全事项……"

小王兴致高昂地模仿着空姐的动作，一手抱在胸前，一手指示船舱各处的功能，反复地指向唯一的门。

"这是船舱的入口、出口、紧急出口。请大家系好安全带，遇到危险请穿上救生衣，采用防冲击姿势，双手抱头……"

小王一边说一边撅起屁股，把头埋进交叉的双手间，心里默念着公司要求的标准动作。做完一系列动作后，他掏出一本书，准备进行下一个步骤的介绍。

"现在，给大家介绍一下，我们公司另外几个精品旅游项目……"

老潘突然走上前抢过麦克风："行了，你踏踏实实地开船。忽悠人掏钱，这一车人都是你师父。"

小王急了，不行，这不合纪律，他要坚持说完。

老潘直接将一百块钱递到小王眼前，同时送上鄙夷的眼神。自从离开部队以后，小王见多了这种眼神，所以他更愿意跟动物们待着。但现在，他只能拿着钱回到驾驶座上。

真是糟心的一天，这帮人太不守纪律了。小王不自觉地加快了船速。

张总看了眼窗外，发现海雾越发浓重，身后的城市已不见踪影，海面上的其他船只也渐渐消失。他收回目光，回头看向车内，眼前的一切像是一场助兴节目，他看到了老潘瞥他的目光，似乎在确认弥补表现的时间。他笑了，他知道，接下来的时间是属于他的。

一　出　好　戏

"我们这次出来不单单是团建,还有好消息。有请张总!"老潘夸张的声音响起,适时地带领起一片掌声。

张总站起身来整理了一下没有一丝皱褶的西装,走到车的前部,看老潘用湿纸巾擦了擦麦克风。接过老潘毕恭毕敬递来的麦克风,他清了清嗓子,满意地看到大家安静下来,露出期待的眼神。

"你们什么意思我都明白,想听什么我也都知道。"

张总一边讲话,一边状似不经意地搭上姗姗搭在椅背扶手上的手。

姗姗尴尬地避让。

张总笑了笑继续说:"我们乌托邦理财公司的上市申请马上就要通过了。公司有今天,是靠大家,是靠我们协同共进。我宣布,全体员工加薪百分之十!"如他所想,老潘没有错过接话的机会。带领大家喊起公司口号——这也是企业文化的一部分。

"来!大家一起加个油!我行!我行!我行!"

"我行!我行!我行!"

大家兴奋地跟着喊口号,鼓掌欢呼。

张总看着大家,这一刻是他最快乐的时候。

马进对这次团建很失望,在听完司机和张总的一番无聊的长篇大论后,只得到了百分之十的加薪。他完全不去理会身边小兴的兴奋，继续等着手机上的开奖信息。不知道为什么，马进觉得今天会是跟之前不一样的一天，周围的一切声音似乎离他越来越远，仿佛也把过去都推了出去。

突然，一声来自手机APP的提醒，像炸雷一样钻进马进的脑中。他疯狂地点亮手机屏幕，看了一眼数字，揉了揉眼又仔细地看了一眼。

马进哆哆嗦嗦地从包里掏出那本夹着彩票的《成功学》，焦急地从里面翻找出彩票，一个数一个数地对着新一期的中奖号码。"21……"眼前的数字就像跳跃的符号，他用力地盯着看，仿佛不认识那些数字。"37……"这组数字是他多年来每期必买的老号码，融合了自己的命格、星座、血型、九型人格等多项数据测算，他一直坚信这组数字能够中奖。他也找过大师，推算出自己未来一定会大富大贵，现在的低谷不过是上天赐予的小磨难罢了。"42，63……"他甚至在数字上看到了无数的幻影重叠，直到数字再次清晰重合。"45。"他感到自己的身体像通了电一样地颤抖，刚才远离的声音都从一个狭窄的管道里跑回来，纷纷攘攘地挤进他的耳内，聒噪无比地重复快放着，无数数字在他眼前不停地闪现。

头奖！他强压着狂喜重复确认了几遍！

没错，六千万！

"天啊！"

一 出 好 戏

马进的大喊把旁边的小兴吓了一跳,不明所以。

"哈哈哈哈哈哈!"

马进从来没有这么歇斯底里地笑过。他感受到的不是概念上的快乐,而是仿佛真实的有重量的钱压在他身上的快感,是闪闪发光的兰博基尼,是不再逼仄灰暗又没有阳光的隔断间。他仿佛看到了张总和同事们的脸,那上面有他期望得到的尊重,他幻想过无数次的表情出现在每个人的脸上。他注意到姗姗眉眼间的细节,仿佛荡漾着对幸福生活的向往。他的爱情终于近在眼前。

马进拿着《成功学》狂喜地站起来,抱着小兴激动地亲了一口,然后跳上自己的椅子大笑大叫,恍如一个疯子。大家都被他吓到了,马进却根本不在乎,一边和同事们逐个击掌,一边往前走,一路从嘴里喷发出带着口水的狂笑。他癫狂地走到车前,一把抢过张总手中的麦克风。

"在今天这个普天同庆、咸鱼翻身的日子里,我为大家献歌一曲!"

马进看到张总好像讲了句什么,旁边的人们也在张嘴讲什么,远处的小兴像在喊叫又像在唱歌,还有人好像在对他笑。他再一次听不到任何声音,耳朵里只充斥着自己的歌声。

"大姑娘美,大姑娘浪……"马进边唱边转向姗姗,努力地把自己心中的亢奋都掏出来,"……这边的苞米它已结穗,微风轻吹起热浪!"

马进飙出压抑在自己心里十几年的高音,眼角甚至渗出了泪水。他总能看到幻觉,但这一次,他相信这些幻觉都会成为真实。

他看到张总稀疏的头发显得那么可笑,第一次有胆量关切地拍了拍张总的肩膀,真是别人尽心尽力十年功,自己得来全不费工夫!接着他仿佛又看到姗姗瞬间挪移到了自己面前,尽管二人之间还存在距离,但已经从不可攀越的山峰变成了最后一步台阶,而这一步只需把彩票兑奖就能完成。

这么多年,他终于可以像人一样地活着了。

"浪,浪!"

马进还陶醉在美梦里,突然听到有人在一起跟唱。他回过头,发现那是司机的声音,急忙把麦克风递了过去,同时看向挡风玻璃的外面。

顿时,他停住了动作,一脸惊怖。

4

汪洋大海居然像是被晃了一下的杯中之物，船身随之一震。大家陡然安静下来。

漫天的海鸟如狂风吹起的叶子般飞卷而过。

在目力穷极的远方，本应该是海天相接的地方茫茫一片，唯见一条银线在半空中翻滚。原来的海平线已经消失，只有大幅度地仰头才能看到的一面高达百米的水墙，如一排巨人携手挽臂向"冲浪鸭"冲杀过来，发出可怕的轰鸣声。

一瞬间，空气像是被抽空了，连燥热和风都不复存在。太阳像是被一双大手拢住，失去了光芒，云彩的流动快得令人眼花缭乱。巨大的海浪离得越来越近，姿态可怖，犹如一头择人而噬的野兽，吞没了海上的一切。

"冲浪鸭"迷惘地在海上航行，像是静止了一般。

面对海啸，"冲浪鸭"前方的一艘万吨巨轮都显得渺小如叶，在海浪的压迫下悲鸣。

小王第一个从震惊中回过神，用足力气把紧方向。

"掉头！"众人慌乱地喊道。

小王嘶吼道："不能跑！必须骑上去！"

其他人望着咆哮的巨浪，脸上充满恐惧，慌忙绑紧安全带，穿上救生衣，一阵手忙脚乱。

齐姐掏出佛珠，嘴里念念有词。保镖杨洪在慌乱间没注意到安全带并未扣好，此时的他脸色煞白，平时的威风早已荡然无存。老潘则抢先一步占住张总的座位，把安全带死死地绑在自己的身上。

"还愣着干吗？赶紧坐好！"

两腿发软的张总惊讶地听到老潘的训斥，他根本没有时间争论，只能凭着求生的本能慌忙跑向后排的座位。

马进惊恐地看着眼前，手里还紧紧攥着夹有彩票的《成功学》，无论如何不肯撒手。

小王咬牙，一脚把油门踩到底，"冲浪鸭"颤抖着向滔天海浪冲去。恐惧随着距离的缩短在不断地扩大。透过前侧玻璃，众人看到那艘巨轮摇晃着被托举到了海浪上。

小王嘶吼着用尽全身力气踩住油门，汗水已经浸透了衣服。

马进刚要往回跑，"冲浪鸭"突然一颠，他一下子被甩到了车尾，手里的《成功学》也甩了出去。他顿感绝望，那股绝望不单单是来自生命的威胁，更是对失去成功的恐惧，或者说这两者早已经融为一体。

"冲浪鸭"逆着海浪冲到半空中。眼前的巨轮逐渐失去动力，它已经快被推到海浪的顶端，近乎垂直于"冲浪鸭"，巨浪眼看就要拍打而下。

马进被小兴一把用力拉住，套好救生衣。马进眼睁睁地看着脱手的《成功学》滑来滑去,他不能放弃这六千万,于是奋不顾身地向书爬去。

小兴着急大喊:"哥,你干吗?快坐好!"

马进没有理会小兴,坚定地巴着一排排座椅和大腿向书爬过去。

"冲浪鸭"一阵剧烈的晃动,齐姐的佛珠不停地抽打在老潘的脸上。而杨洪从座位上被甩飞出去,身体不受控制地在车厢里来回翻飞,发出阵阵凄惨的号叫。

巨轮失去平衡,逐渐倾斜。船上的货物打滑掉落,起重机的臂膀剧烈甩动,纵横交错的管道显示这是一艘油轮!巨轮侧向翻倒,货物坠入海中,更多的金属接口开始松动,石油管道终于在失衡的压力下崩开了缺口。一处、两处、三处……不断地有石油在压力下喷涌而出,溅洒在海面上,漆黑的石油像恶魔的双手顺着海浪向"冲浪鸭"探过来。杂乱掉落的货物和起重机互相碰撞,溅起零星的火花,遇到石油便燃起大火,爆炸随之而来,给巨轮披上了红色的外衣。火势随着石油勾勒的轨迹在海面上蔓延,一路延伸到"冲浪鸭"前面。

小王坚定而竭力地稳住左右摇摆的船身。众人紧紧攥住座椅把手,表情惊恐万分,哭声、尖叫声此起彼伏。

而马进沉浸在自己的危险里,他一次次与《成功学》失之交臂。他再次瞅准机会,一个冲刺,将之紧紧抓住。他终于安心了。他奋力抓着扶手坐回座位,扣好安全带,仿佛已经脱险。

此时，熊熊燃烧的火焰已经烧到了"冲浪鸭"周围，车体从火海中穿过，众人已能感受到空气中灼人的热度，发出绝望的尖叫。

海浪形成的巨墙倾倒而下。"冲浪鸭"终于耗尽了向上的动力，无力地被怒涛裹挟卷入海中。

"冲浪鸭"扎入海水的瞬间，一切的混乱恢复了平静，海水裹挟着车体陷入黑暗无声的世界。

只有些许光亮透过后方的水幕射入，"冲浪鸭"驶入大海深处。正在众人惊魂未定的时候，有海水从车顶部进气口密封不严的地方滋了进来，众人惊恐地看着水流，却不敢发出声音，仿佛尖叫声会加大缝隙，只能在一片冰冷中兀自发抖。

就在这时，隐约可见一片黑影蹭过车底，"冲浪鸭"被撞得倾斜了一下。

已经害怕到麻木的人们望向窗外，紧张地盯着未知的海底世界。

那片黑影再次从车底滑过，水波引起"冲浪鸭"的晃动。随着车体的晃动，所有人的脸被惯性拖着贴上车窗玻璃。这时，众人看到一片在深蓝底色上印满斑驳图案的诡异岩石刮过。只是一下轻微的蹭碰，"冲浪鸭"便发出了可怕的哀鸣，似乎就要散架一般。剧烈的摇晃中，一个比车身更加巨大的身躯笼罩过来，露出流线型的尾鳍。

竟是一头长达三十米的巨型鲸鱼！

鲸鱼发出低沉的吟鸣。它的身上挂满了新鲜的伤痕，曾经的海洋霸主正无力地诉说着刚刚经历的恐怖灾难。

突然，一件从油轮上掉落的货物结实地砸在鲸鱼的头部。鲸鱼受惊奋力加速前行，尾鳍扇到车身，卷起一股水流，带着"冲浪鸭"急速向前冲去。鲸鱼从海啸的水墙中一跃而出，接着又从半空中掉落，一声震耳欲聋的啸叫后再次无力地被海浪吞没。

刚才的冲击让"冲浪鸭"的挡风玻璃濒临破碎。车尾被鲸鱼带出黑暗的海底，在海浪上扎出了一个缺口，而大部分车体还在海水中。通过车尾撕开的缺口，外面的世界再次出现。

透过车尾窗向下看去，才发现"冲浪鸭"正在海浪中部的半空中！城市建筑构成的海岸线早已消失，取而代之的是远处模糊不清的山峦。陌生的景象让人根本无法判断已经漂了多远。随着向外的惯性消失，海啸再次吞噬了"冲浪鸭"。反射着阳光虚实变化的水幕逐渐合拢，众人最后看到的画面是一座即将被淹没的小岛，光明再次消失。天昏地暗中，"冲浪鸭"如滚筒一样上下翻腾，带着回荡的哭喊声去往未知的世界。

这天对马进来说，终于和过去不一样了。

5

临近黄昏，日光仅余天边的一道金线，天空中有密集的雨滴落下，尘雾使光线更加微弱，将一切笼罩其中，看不分明。

严重变形的"冲浪鸭"斜插在赭色的崖壁石缝中。一只蜥蜴爬过黄蓝交杂的车身，又迅速躲入铺满乱叶的草丛。

马进刚刚睁开眼睛，就被成股的水柱冲得再次闭上双眼。狂风携着暴雨和周围的寒气钻入身体，让他逐渐清醒过来。

马进瑟瑟发抖地看着周围的景象。不远的乱石滩上有一处平坦之地，男人们三三两两地散落各处，费力地用手遮挡风雨，恐惧而无助地望着四周。女孩们凑在一起，无助地哭泣，胡乱抹着眼泪。远处的张总神色麻木，目光茫然，仿佛还未从震惊中恢复意识。

马进挣扎着站起身，发现他们在一处悬崖上。几十米外的高山下有片繁密的树林，植被、泥土、岩砾混成一团，像刚被洪水冲刷过一样。周围的海水卷起怒涛，不断地发出可怕的轰鸣，让人无法接近。脚下的崖壁也没有缓坡，怪石如台阶般分为几层。更远的地方横亘着一面光秃秃的悬崖峭壁，而繁密潮湿的丛林则透出危险的信号。即便在风雨里看不清更远的地方，也可以感觉他们所处之地就像个被遗弃的世界。此番景象,不说是世界末日,也必定是刚刚经历了极大的天灾。

马进的耳朵里回响着锐利的嘶鸣声,他回头看到一脸惊恐的小兴。小兴嘶哑的喊声中充满了慌乱,他正在不停地摇晃着自己的肩膀。马进突然想到了什么,像是努力去回忆刚刚惊醒的梦里的细节——

彩票!

马进恍惚地从包里掏出《成功学》,确认那张彩票还在夹页里。这安抚了他绝望的内心。他小心地把书掖进臂弯中,用身体阻挡着风雨,像是在保护自己的孩子。安抚好小兴,马进在风雨里分辨着其他人的身影,他现在必须找到姗姗,确认她的安全,于是他走向四散的人群。

保镖杨洪受伤最重,躺在地上不省人事。腿受伤的女同事文娟被人搀扶着,还有几个人也受了伤,侧卧在地呻吟着。杨朔独自站在崖壁边,张望着海上的恐怖景象,吓傻了似的抖着嘴唇说不出话。有人试图打开手机,但没有成功,几个模糊的人影跟跄地在人堆里来回走,无助地喊着什么。Lucy穿着高跟鞋尤其不便,卡在石缝中动弹不得。美佳包上的小熊浸泡在雨水中,被慌乱的人群踩过,随即被她拽过去紧紧抱住。东西四散在地,人们眼神麻木,四处走动试图寻找自己的物品。龙威正在给昏迷的人按压胸口。有人打开箱子找到雨衣,刚想穿上就直接被大风刮跑了,又慌忙去追。老潘在雨水中吐着腥咸的海水,被狂风吹得站不稳脚跟。还有几个人步履艰难地走到一个惊恐的男孩身边试图安慰他,对方却根本没有回应。所有人都沉浸在巨大的恐惧与茫然中,发出无意义的呼喊。

唯独不见姗姗的踪影。马进吓坏了,他不敢想象姗姗出了意外。

"看到姗姗了吗?"马进急迫地大喊,冲进杂乱的人群一一询问,却没有得到回应。

直到有人一身狼狈地指着林子小声说道:"有几个人去里面找路了。"

马进看了一眼风雨中的树林,大块大块的墨绿色如同一团暗色的幕帘。怪异扭曲的云遮天蔽日,只有零星几道夕阳的红光穿过云缝,云雨交织的海面上不时有闪电和细长扭动的水龙卷风闪现。马进咬了咬牙,穿过厚重的雨帘往树林里走去。

树林里,风雨依然很大,远处弥漫着浓雾。马进看到有几个人在林子里漫无目的地游荡,像失去了魂魄一样,平添了几分恐怖。赵天龙在前面滑倒惨叫,李超将他扶起的同时不断地念叨着,女孩子们已经哭得不成人形。

"姗姗!姗姗!"

马进硬着头皮往前走,一遍遍地大喊。

狂风卷着树枝互相抽打,噼里啪啦的声音让他几乎都不能听到自己的声音。正在焦急的时候,他仿佛听到了姗姗的惨叫,慌忙循声而去。他跑下一个斜坡,在林地的凹坑里看见了姗姗。她坐在地上,被冷雨浇得瑟瑟发抖,左脚被卡在石缝中动弹不得。

终于找到了!马进急忙跑下去,一边安慰着姗姗,一边试图帮她把脚拔出来。他使出全身力气把石头移开一条缝隙,把姗姗的脚从里面抽拔出来。他搀扶起姗姗,深一脚浅一脚地往来时的路走。回去的道路湿滑,铺满碎石,于是马进背起姗姗。在冰冷的风雨中,他感受到了一丝温度,这让他的心里有了一丝安心。

崖壁山体上有数个小洞,刚刚可蔽风雨,但里面已经挤满了发抖的众人。马进把姗姗扶了进去,然后自己才挤进去。

狭小的空间里,两个人不得不挨得很近,甚至能感受到彼此的温度。这是之前的生活中从来没有过的。在这个瞬间,马进感到了从未有过的踏实。他从包里找到《成功学》——这是他最重要的东西,他用塑料袋仔细地包了三圈,死死地攥住。

"放心,不会有事的。"马进安慰姗姗,也是安慰自己。

"谢谢。"

夜色倾泻而下,淹没了崖壁各处的沟壑,使它们变得昏暗而狰狞，像在海底深处。密集交织的闪电照亮海面，更显深海愤怒而凶险。人群渐渐聚在一起，互相依偎。

赵天龙从外面挤进来，呢喃着："上面全是树……又湿又滑根本没路……根本不像是有人来过……"

众人闻言更加害怕，看着外面的风雨小声议论。

一位男同事颤抖着拧开随身的小酒壶，递到嘴边。

姗姗截过酒壶，冷静地说："我用一下。"她示意马进把袖子卷起，将酒直接浇在马进手臂的擦伤处，然后拿起酒壶喝了一口。

这时马进拿出手机，但根本打不开，忙问旁人："你们的手机能用吗？"

"不行，根本没信号。"

"我的进水了，打不开……"

手机无法搜索到信号，这让马进很着急。人群也在互相传递着无法跟外界联系的消息，他们望着岩洞之外浩瀚无垠的大海，悲伤的情绪在持续弥漫。在漆黑的夜幕中，似乎隐藏着无穷无尽的可怕想象。风吹树叶的沙沙声、海水拍击声、寒气卷过石缝的呜咽声，都在不断地提醒他们之前海啸的恐怖。

外面传来微弱的人声，隐约能够听清是另一个洞里的人在清点人数。

"我们这儿十四个,你们呢?"

"十五个!"风声依然很大,马进清点了一下人数,大声喊道。

"司机呢?司机在你们那儿吗?"

无人回应。

这时,黑暗中传来一阵又一阵微弱的呜呜声,令人毛骨悚然。接着那声音越来越响,而后又突然远去,临近消散的时候还转成了一种含糊不清的短促声音。

一边的杨洪昏迷不醒,壮硕的身体依然没有动静。齐姐试图打消自己的恐惧,双手机械地捻动佛珠,口中念念有词,但是在这里谁也帮不上她的忙。

马进看到一边呆若木鸡的史教授,像是抓住了救命稻草。

"你不是说石头不会掉下来吗?"

但史教授嘴里不知在念叨着什么,这是他从未有过的样子。

突然有个女同事哭了出来:"我孩子还在家呢……"

思念终于引发一片号啕大哭,集体的情绪从恐惧转为悲痛。哭喊声此起彼落,黑暗中填满了绝望的气息。回去后一定用更多的时间陪伴家人。迟来的醒悟像是一根刺,但也足以给互相依偎的人们一丁点希望。

小兴神情茫然,喃喃自语道:"咱们要是没赶上车就好了。"

马进扭头拍了拍小兴的脸,又看了眼身边的姗姗,捏紧了自己包中的《成功学》。他透过洞口望向遥远的银河,夜空中星芒闪烁,他相信只要能回去,一切都还在。

6

得想办法活下去，这些人一个也不能死。

这是小王的心里话。再说了，出了这么大的事儿，如果不平安回去也没法交代。小王并不敢确定这算不算"不可抗力"，甚至不知道"不可抗力"这四个字是怎么蹦进他的脑海的。

昨天，当他从"冲浪鸭"破碎的挡风玻璃后爬出来的时候，他害怕得快要站不稳了。滴着水的车皮像被人用力地揉搓过的旧报纸，悬空的轮胎上挂着水母，底盘上盘结的管道和地上的沟壑扭曲在一起，令人绝望。

但小王很快冷静下来，独自钻进了树林，他知道在任何地方都要先搞清楚位置，其次就是找到水源和能吃的东西，这是他在部队服役期间得到的经验。他回想起了自己在部队里的生活，那是他记忆中最深刻、最快乐的日子，身体也习惯了野战部队自然原始的环境。转业到地方以后，他一开始极度不适应城市里的生活，甚至因为看不惯某些纨绔子弟的作派而与人大打出手，结果因斗殴被开除。他想逃离城市回老家，却发现自己的老家也变成了城市。于是，他开始有些憎恨城市。再后来，他几经波折终于得到了一份动物园的饲驯工作，这让他活得舒服了一些，因为能减少和城市里各色人等的接触。可有一次因为阻拦游客投喂动物垃圾未果，发生了严重冲突，他又被开除了。最后，他只能靠老母亲存下的最后一点钱，承包了一辆"冲浪鸭"。不久之后，母亲就去世了。他记得自己刚当兵的时候母亲很骄傲，他成为一个普通农村家庭的希望，可后来非但没能让母亲过上好日子，还让家里为他操碎了心。小王一定程度上将这辆车视为母亲的化身，甚至一直觉得母亲每天都在背着他，拉着一车人跑。于是他任劳任怨，只为了一个目标——有一天能赚回承包的钱，让早已离世的母亲有些安慰。这么些年来他活得小心翼翼，可攒下来的钱还差得太远，更何况他的业绩在公司里常年垫底——因为他不愿意拉老板小舅子忽悠来的高价团。他心里很憋屈，觉得活着没意思，可这辆"冲浪鸭"无论如何他都不能放弃，因为一旦出了问题，他就会赔光所有的钱，母亲那笔辛苦省下的钱肯定再也要不回来了。所以他必须带着这帮人，完完整整地回去。

小王就这样在树林里穿梭了一夜。他找到了淡水和有限的野菜野果，虽然数量很少，但心里多少踏实了一些。他在身上掖了几颗，又匆匆往"冲浪鸭"的位置赶。

天刚蒙蒙亮，疲惫的小王带着一脸的树枝刮伤回到悬崖，低头看到躲在洞中发抖的人群。他确认了一下，人都在，这让他放心多了。他朝睡眼惺忪的众人喊了一声,就转身向一动不动的杨洪走去。

"还有气,活着呢。"

人们一个个如土拨鼠一样冒出头来,看到小王后一起拥上前,叽叽喳喳地问个没完。

小王被人们围在中间,他看他们的眼神就像是看着杂乱无章的树林。人群盲目的情绪让他感到不安,于是他只能不断地重复着自己的发现,试图向所有人解释周边的环境。

"四面都是海,"小王边解释边琢磨了一下又补充道,"也不一定,我从南面那坡下来看到好多树扎在水里,这里不像是个岛。"

人们的慌张并没有减少,询问声不断地淹没小王的声音,小王还在徒劳地说着昨天晚上的发现。

"还好,有淡水,还有些野果蘑菇,能撑两天。"

小王本以为现在既然搞清楚了情况,而且找到了短时间内维持生存的办法,应该能安抚住一张张令他不安的嘴,但他很快发现这是徒劳的。所有人都在逼问他,好像这一切都是他的错。他们指使他赶紧叫人来把大家接走,就像安排接应一辆抛锚的汽车。

"来,能打通就接你们走!"小王递出正在往下滴水的手机,人群一时安静下来。其他人的手机也全部报废了。

人群失去了攻击目标，无法安放他们的恐惧，于是又转向在一旁分析形势的史教授，好像这一切又成了他的错。

"所有的事儿我合起来考虑了一晚上，从种种异常的天气迹象来看，之前的各种说法可能是对的。"

史教授明显有些慌乱，语无伦次。小王独自走到一边，心里更加烦躁，他自己活下来容易，但这帮人不知道怎么弄。公司的保险到底是怎么算的？他要负多大的责任？还有这辆破碎的车……人群又叽叽喳喳吵起来，小王不明白这帮人有这个劲头争吵，为什么不去找点吃的。他带回来的果子明显不够吃，这让他更加不安。无论如何他要去再找点食物，这样回去才能跟公司交代。但他心里还是没底，因为公司的刻薄他最清楚。

"公司这么多年……"小王突然对"公司"这个词感到很不舒服，扔下一句，"就这浪，还公司？早完了。"

这时张总一把抓住小王，神经质地问道："谁完了？你说谁完了？"

小王轻松地把张总的手甩开，径自朝森林走去。虽然他不想承认，但在林子里面比在这儿舒服。

小王对这几天的成果很不满意，除了一个叫赵天龙的和几个年轻人能干点活，几乎每次都是他自己上树摘果子，打水也只有一两个人走很远的路程才打回两桶，这根本满足不了将近三十个人的吃喝。还有个叫马进的，每天什么活也不干，天一亮就开始叽叽喳喳地问有没有回去的办法，在为数不多的劳动力中制造着不安的情绪，以至于他的不耐烦日益上涨。

已经好几天没看到太阳了。当小王又一次带着三个人从树林中钻出来的时候，他们手里只拎了一桶水和小半包果子。他看了看海上依然浓厚的海雾，紧接着看到崖壁上用红色救生衣拼出的数字"110"，格外刺眼。

小王好奇地问："这什么意思？"

"求救信号呗。"身后的赵天龙回答。

小王无奈而又咬牙切齿地冲下山坡，只见一群人空着双手在崖壁旁来回走动，而那个马进正举着根杆子搜索收音机信号——好几天了，除了一片又一片的沙沙声根本什么也听不见。小王提着食物试图穿过人群，却被这帮人来来回回地挡住了去路。一会儿，连沙沙声都渐渐减弱，但人群依然专注地听着。

小王忍了一会儿，终于控制不住吼道："抱着这个破东西都鼓捣两天了，吃饭全指着我啊？"

几个人回头对小王比出噤声的手势，这让他更加恼火。他急躁地试图扒开人群穿过去，这时"冲浪鸭"的船头"砰"的一声炸响，冒着火星升起一股黑烟。

一 出 好 戏

小王慌张地跑过去，他最担心的事情发生了。这下彻底没法跟公司交代了，他的钱很可能拿不回来了，这几年的憋屈也白受了。

众人也迅速地围上来，只见小兴淡定地从车里走出来，一脸黑油。小王刚要爆发，紧随着又是一声巨响，"冲浪鸭"的船尾又有一团火球腾空而起。

完了！彻底完了！

小王举起手边的木棍追打小兴。自己这么多年爱护备至的"冲浪鸭"就这样轻而易举地被毁了，他的钱，他的车，他再也无法完成想兑现给母亲的承诺了。他气得目眦欲裂，跳下几个台阶抓住小兴，正准备给小兴一顿暴捶，以发泄上岛以来的所有怒气。

"救人啊！张总跳海了！"身后传来老潘的大喊。只见老潘往悬崖边看了看，又害怕地跑回来。

真是没一个省心的！小王瞪了小兴一眼，犹豫了一下，就朝崖壁的高处跑去。他知道如果人出事儿了，自己要担负的责任更大，现在必须减少可能会带来的任何损失。他不假思索地从旁边抢过去，直接跳入海里，快速游向海中，然后用力捞起胡乱扑腾的张总，卡住张总的脖子往岸上拖。

众人以看待英雄的目光看着小王把张总拽上岸。却没想到，小王刚上岸就指着还瘫软在地上的张总破口怒骂："想死可以，回去你爱怎么死怎么死！"

张总在一旁往外吐着海水，几次都要喘不过气，就像条搁浅的鱼。小王对此视而不见，继续道："在这儿，你不许死！听见没有？"

围观的人看着都觉得难受，但小王的怒气让他们不敢大声议论。刚刚恢复神志的保镖杨洪看不过去，试图站起来却又摔倒在地。

小王发泄完以后才意识到海水的寒冷，寒气猛地从脚底窜上了脑袋，他不停地打着寒战，离开了烂泥一般的张总。

7

自己可能活不下去了。

在刚上岛的那个瞬间,这个念头就飘进了张总的脑中。他不记得自己是怎么被扶进山洞的,直到被身边人的哭声拉回了注意力,他才意识到周围的寒冷和可怕,寒气像水浸入海绵一样侵入他的身体。

"都闭嘴!等天好了,找着路咱就走!"他的话掷地有声,周围的哭声渐渐收敛,声音明显变小了。

"我看好像没这么简单。"一直没说话的史教授小声说了一句。

过了会儿,人群中再次爆发出一声凄惨的号哭,久久萦绕。

洞外狂风呼啸,如野兽在嚎叫。

更让张总绝望的是第二天早上,光明带来的是更深切的绝望。空气中的尘雾还没有散去,荒芜原始的环境更显凶恶,昨天晚上原以为可短暂依靠的地方,此时却像一头凶恶的原始巨兽。此外还不断有声音传进他的耳朵,那是关于末日的争论,直到他听到"公司"几个字,好像是有人在对他喊着什么。

公司，没错，他只想知道公司怎么样了。但直到小王轻松地把他的手甩开，他也没有从比昨天更深层的恐惧中回过神来。旁边的人追问他接下来该怎么办，他也毫无反应。所以当"冲浪鸭"爆炸以后，张总依然面如死灰，站在悬崖上望着凶恶的大海。

"是张总让我修的。"小兴边跑边喊。

张总唯一的想法就是试试最后的办法，他一直都没有从第一个晚上的寒冷中缓过来，那股冷像是剜进了他的肌肤，然后被缝了起来。他看到"冲浪鸭"彻底报废，转身面向大家。原本很熟悉的那车人突然变得陌生起来，他听到有人在指责，有人认为是组织团建害了大家，人们指指点点，还有人在摇头。

墙倒众人推，他只能无力地嘟囔："要想办法回去，当然是要修船。哪怕修坏了，没有船了，也应该再想办法……"

他看到大家的样子，他不敢相信这是他公司的员工，他们的嘴脸变得居高临下。但这种感觉又很熟悉，只是很多年没出现过了。那时他还不叫张总，他宣讲项目书时总会面对这种冰冷的表情。这一步步走来的个中辛苦，只有他自己清楚。一家白手起家的创业公司，从出生起就遭遇同行残酷的打压。站在被炙烤到软化的柏油路路口分发传单、学习如何费尽心思地同相关部门斡旋、合伙人的拆伙和泄密，都曾让他痛不欲生。当然他自己也不是那么干净，可这都是必须付出的代价。为了那个势在必得的项目，应酬的时候一杯杯酒往肚子里灌,哪怕他知道自己有酒精性脂肪肝,依然咽下药丸喝掉最后一杯,喝完他就晕了过去,但项目拿下了。妻子骂过他很多次,也哭过很多次,可他根本没有选择,如果不走完这一步,那之前的一切都是白费,甚至连偿还银行贷款都没有可能。好在有几个投资人的资金让他回血,到如今,公司马上就要上市了。

可突然,又都没了,这一切都没了。

好冷。

张总没了声音,一步步往悬崖边走去,纵身跳海。他闭上眼睛,然而在寒冷再次扎向他的瞬间后悔了。他疯狂地扑腾,但只能像一段槁木一般在海中漂移,拼命想抓住什么东西,却只抓住满把的海水。

自己可能活不下去了。

直到他感觉到自己的脖子被卡住,这才恢复了知觉。他险些喘不过气来,坐在地上颤抖着发出哆嗦的声音。

"别管我。"

张总跟一块吸饱了水的海绵一样瘫软在地,他看到其他人都围了过来。姗姗递给了他一条毛巾,却依然不能化解尴尬。他转过头看着所有人,眼神里是无尽的嘲讽和轻蔑,他对所有人喊:"滚!你们一条命值多少钱?我呢?全没了!"

现场突然安静下来,张总和一动不动的人群互相注视。没有人说话,包括姗姗。张总也看着姗姗,像看其他人一样。

人群像之前一样再次围了过去,开始了新一轮吵闹似的争论。在遇到任何问题的时候,他们总是习惯性地聚到一起叽叽喳喳,似乎这样就能解决一切问题。

小王突然没来由地大吼一声,直愣愣的一嗓子吓醒了张总。

大家都还没明白怎么回事,小王又嘶号了两声。

"大家要是憋屈就喊出来,发泄出来就好了,这法子挺灵的。"小王的语气放松下来,看样子他心里舒畅了很多。

过了一会儿,赵天龙首先试着大喊了一声,他很快觉得效果不错,又用力地喊了两嗓子,心底的焦躁顺着脖子上梗着的青筋喷了出去。随后老潘也跟着号起来,把上岛以来的恐惧吼了出来,顿时心口舒畅多了。

女人们也喊起来,有的人喊,有的人哭,声音奇怪地合在一起。大家声嘶力竭地高喊,吼出堵塞在心中的恐惧。

只有个别人没有喊,他们这些刚开始显得正常的人,此刻反而变成了异类,仿佛融入不了集体。

在人们疯狂大叫、宣泄自己痛苦的时候,张总连嘴也没张开。

"行了,差不多了,保存点体力,"小王摆了摆手,叫停了大家,再次向树林里走去,"后面还不知道会碰上什么事儿,都留点劲儿。"

这一次跟上小王的人更多了,小王还挂着海水的精瘦背影显得出人意料地可靠。

大部分人站在原处。留在张总身边的人,没有几个。

8

事情就跟史教授说的一样——没有这么简单。

尤其是随着时间的推移，天气依然没有要好转的意思。除了"110"被摆成了正确的"SOS"外，其他事情也没有任何好转的迹象。大家局促地坐在刚上岛的地方，仿佛从没挪动过位置。车上的部分零件被拆了下来，作为必要的简单的生活工具，和这帮人一样随处散落着，毫无生机。

小王带着几个人准备了很多天的食物和水，但只要他将果子放下，就有人围上来抢，而且也越来越不顾面子。才短短几天，这帮人就越来越没有纪律。他又想起了自己在部队的日子，讲究纪律，井井有条。他看了看这帮人抢食的嘴脸，就跟动物一样。果然，马上就有人因为食物和水着急起来，还有人埋怨。小王不想参与，走到一边看着。他当然没有接受这种现状，可是部队多次的野外求生经验告诉他，当你没有办法走出去的时候，保持体力就是最好的办法。维持自己的生存容易，可要养活这么多人，他就需要把自己的生存技能传授给其他人。虽然收效甚微，但在少部分人身上，他找回了当小队长的感觉，权当是训练一批新兵。然而这帮人实在是难以管理，干活的人根本没有不干的人多，特别是那帮高管养尊处优的样子，最让他看不惯，但他再一次忍住

一 出 好 戏

脾气没有爆发。毕竟他已经放弃了"冲浪鸭"的完好无损，现在最重要的是能够让这帮人安全地回去。

小王走到崖壁边，看到海中的塑料瓶有动静，便将绳子捞了起来，带出里面一条还在蹦跳的鱼。

"这么条小鱼够谁吃的？"老余把几个果子拿给蔫呆的张总，发泄着自己的不满，"水呢？"

老余用脚轻踢了一下挡坐在路上的赵天龙的屁股，示意他腾个地方，在他看来这个动作并没有任何的不对。

但这一下刺激到了赵天龙。这两天里他变得更糙，刚从几里地外拎回水来，还喘着粗气。他越想越生气，在公司里他早就受够了窝囊气，凭什么在这里还得让着这帮爷。赵天龙猛地把手里的水桶砸在地上，发出"咣"的一声响，把所有人的目光都引了过去。

小王本来不想管，毕竟他是外人，但赵天龙是少数干活的人中最得力的一个，部队的经验告诉他这时候必须上前，不然就彻底没人干活了，如果那样的话，再想保证这帮人的生活就更不可能了。小王抄着用来探路的棍子，三步并作两步冲上去，用力把老余手里的果子打了一地，然后恶狠狠地瞪着老余和他身边的张总。

周围的人都被吓住了，不敢说话，仿佛能听到脸面打碎在地的声音。

"不干活儿就别吃！"小王边说边拿手点着老余的头，老余傻了，"你是余总，你是张总，对吧？我告诉你们几个，在这儿没人惯着你们，想吃就得自己干。"

老余觉得面子挂不住，特别是还有这么多双眼睛盯着他，他吵吵嚷嚷地想要理论。

"保安！保安！保安呢？！"

"叫唤啥？我叫赵天龙！他说得没错，在这儿没人惯着你们！"赵天龙一直在边上看着，这时才慢慢走过来。

"臭保安……"

"保安怎么了？"赵天龙直接给了老余一脚，老余被踹得一个趔趄摔倒在地。这一脚着实把旁边的人都吓着了，包括张总在内的几个高管都没想到局面会变成这样。

小王指着地上不能动弹的杨洪："养这么个废人就不容易了，有手有脚的为什么不能动？"

保镖杨洪听到这句话有心无力地张了张嘴，他这几天确实全靠别人。这让张总几人的气势明显又弱了一截，老余灰头土脸地爬起来再不敢吱声。

赵天龙则直接走到小王旁边，论可能动起手来的结果，高下立见。而人群中有人开始意识到，现在的张总对他们来说已经没多大意义。

小王看了看不张嘴的张总，他知道这一下有用，不管是什么人，一开始就得制住，不然永远不会服。人跟动物其实是一样的，他更加相信自己的这个观点。而且他觉得自己没做错，为了其他人能活下去，他必须要打破规则，何况规则往往是为没有规则就无法存活的人准备的。

和之前一样，安静了片刻之后其他人又开始窸窸窣窣地说话，个别人又挤在一起或者拥了过来。小王知道这样是不会有结果的，要改变这种状态不能靠这群人。

"都别废话了，刚摘果子的时候发现了一个洞，"小王收拾完地上的野果离开，又补了一句，"愿意陪着张总的，就在这儿待着吧！"

天空乌云滚滚，雷声轰鸣。

张总感觉身上那股从上岛后就没有驱散过的寒意又爬上了自己的脊背，压得他抬不起头，所以当老余和司机发生冲突的时候，他唯一的动作就是看了眼旁边瘫软的杨洪，之后便也是有心无力，不敢吱声。他当然也看到了老潘的眼神，他捕捉到老潘只是往这边心虚地瞄了一眼，随即视线就再也没离开过小王。他知道在这里他的员工早晚会彻底叛变，只是时间的问题罢了。

"我以为，目前最需要的是团结。"

张总听到史教授的话，文化人听似和事佬的话永远是最有杀伤力的，但他没想到接着还听见了姗姗的声音。

"说得对，"在一边照顾文娟的姗姗轻描淡写地说着，"小王说得对，想吃就自己干。"

之后，张总看着小王带着他的人离开。史教授露出一种长者不得不跟上孩子的愚蠢胡闹的表情，推了推自己鼻梁上滑落的眼镜，带着不易察觉的狡黠，拿着手里的果子起身跟了上去，没有半点迟疑。

张总笑了，自己十几年的努力不过几天就没了，其实也挺简单的。他看着人们一个接一个地离开，身边只剩老余和其他两三个人。其实他想过今天，也从来就知道公司的这群人早晚都会离开，只是不知道这一天会是在这样的情境下。

天空开始下雨，张总转眼就被淋成了落汤鸡，看来这份寒意是怎么也脱不去了。

但他不想死了，因为他已经死过一次了。

9

马进去哪儿了？而这也是岛上的人在接下来的几个月里都在问的问题。

其实马进的思路更简单，他得离开这儿，因为彩票的兑奖期限只有九十天，别人是死里逃生，但他是把自己的命给丢在了外面，他必须得去捡回来，因为只有拿到那六千万他才算真正地活过来。可这又是他不能说的秘密，所以他比别人更憋屈也更着急，每天晚上他都没法合眼，脑子里不停地盘算着出路。

他不断地追问着小王，但得到的只是野果蘑菇这种无效信息。他抢在其他人前面对小王发火，但很快就失去锐气，因为他发现一切都无济于事，只能着了魔似的对着自己报废的手机下功夫。

他着急地甩着手机，使劲按开机键。手机突然亮了一下，屏幕上面清清楚楚地写着——奖金6000万，领奖有效期90天。紧接着，手机因为进水不停屏闪，几下后就彻底黑屏了。

不甘心的马进心里腾起一股劲儿，他重回到垮了的人群中，刚才手机屏幕上的字样在他脑海里变得很大，好像在有意提示他无论如何都要回去。

"没关系！小兴，你先用颜色鲜艳的东西摆个求救信号。大家都别怕,咱们想办法回去!"马进打起精神说。

然而说完这句话,颓废的人群并没有反应,尤其是张总一脸木然的样子让他更加心慌。马进明白,他必须找到能够带他离开的人。想到这里,马进关切地看了一眼远处的姗姗,受伤的姗姗也正望着他这边,从姗姗的眼神里他似乎读出了一丝从没有过的期待,马进更加坚定了要离开的信念。他试图从小王身上寻找答案,又找到公司里的学霸,想用树棍和影子的夹角计算经纬度来确定自己的位置。而学霸在直愣愣地看着偶尔几束穿过尘雾的阳光几个小时之后,终于冒出来一句:"夹角怎么算来着,想不起来了。"

马进不得不放弃依靠别人的打算。

是的,就算别人放弃,他也不会放弃,因为这六千万让他比谁都有劲儿,他给唯一的收音机又加了一根天线。

"这是长波收音机,受天气因素影响很小,能收到全球信号。"马进给大家示意。他一圈圈地调试着从"冲浪鸭"上拆下来的收音机,带领着大家寻找合适的位置,在悬崖上不停地跑动,试图在一片没完没了的杂音中捕捉辨识微小的声音,最终一无所获。几天之后,马进也失去了信心。

但他仍在不停地试。直到张总的自杀和"冲浪鸭"被损毁,他终于吓坏了。彩票是他这辈子唯一的希望,而且这份希望还没有兑现过。他甚至想，哪怕让他回去感受一天的成功再死，也算是没有白活过。

但没人能够理解马进的心慌意乱。

他心底掖藏的这个太过巨大的秘密，似乎随时要将他撑破。

这几天在小兴面前马进显得有些奇怪，他总是想说点什么，但又不知道怎么开口，毕竟没有兑现的彩票就像是没有兑现的承诺，一文不值。他总是用眼神去捕捉姗姗，但姗姗总会站得离大家很远，特别是在张总试图自杀之后，她静静地看着张总和小王的冲突，冷漠的样子似乎与一切无关。所有人都在大喊，姗姗没有，马进也没有。第一天里只属于他们两人之间的美好，虚假得仿佛是一场幻觉。

马进捏紧了藏在身上的彩票，他明白只有回去才是得到爱情的唯一办法，不管从哪个角度出发他都不能再耗在这里。所以当他看到姗姗照顾着受伤的文娟，起身跟着小王离开的时候，他没有犹豫，示意小兴跟自己一起帮忙搀扶着，跟在了人群后面。马进发现他们正顺着海滩朝自己没有走过的路线前进，他默默地记下了路过的地方。在他面前的乱石海滩一直伸向远方，呈弧形，最后弯进了森林里的一条小路。但小路很快地又通向了更开阔的森林，马进只能在这杂乱的林中回看几眼无际的大海。光线逐渐在小路上消失，黑暗中潮湿的水气浸透了衣服，人群中的噪声渐渐消退，每个人都知道自己马上又要面临另一个难挨的夜晚。他们在森林里转了个弯，开始笨拙地翻过高低不平的岩石。最后一段路细得就像是藏在岩石上的藤蔓，一路蜿蜒。

细雨中，小王腋下夹着一把树枝，带头走进山洞，马进带着小兴和姗姗，随着人群鱼贯而入。人们终于找到了一个安身之处，并且意识到这是一个可以站直了不用窝着身子的地方，随着往山洞深处深一脚浅一脚地挪动，他们的惊喜不断放大。能有一个避风挡雨的地方已是奢侈，更何况整个山洞有近百米深，蜿蜒曲折，光中心区域的平整地面就有半个足球场大小。洞顶上有一处开口，雨水和微弱的天光洒进来，像黑暗中的荧光瀑布。众人终于舒了一口气，之前的沮丧似乎也得以舒缓。

山洞有些潮湿，几个从不干活的男人笨拙地贴在湿漉的地面上卖力地用双手搓着一根树枝，试图弄出点火，但除了弄出一身汗以外根本没有效果。小王走过来，直接用火机点燃，将这几个人衬托得极为尴尬。

"一个口通海，一个口通林子。"小王边说边用刀削尖一根树枝。

温暖把人们聚集起来，篝火将小王的影子映在岩壁上，显得异常高大。

马进看到姗姗准备给文娟的脚踝上药，想要上前帮忙。

"不用了。"姗姗拒绝。

于是,马进蹲在地上帮忙点着火机,看着姗姗抹药。旁边没有其他人,人们都围在小王身边的篝火旁。

"有个窝行。以后怎么办?"

"可不是吗,有人干有人不干的,弄这点吃的哪能养活这么多人?"

人群中议论纷纷,这些话有的缘于热心,更多的是抱怨,但不论是哪样,史教授知道是时候说话了,他看了看,大家基本都坐在一起,只有个别人坐在山洞的角落里,于是清了清嗓子,开始发言。

"是不是世界末日我不敢肯定,但短时间内等来救援就不要想了,按照历史规律来说,我们需要找个有经验的人把大家组织起来。"

"行啊,让谁来组织?"

史教授刚想接着说,就看见张总等人搀扶着瘫软的杨洪来到洞口避雨,犹豫了一下把话咽了回去。

没有人说话,山洞里越来越静,连火的噼啪和嘶嘶声都能清晰地听见。张总站在山洞口,浑身湿透了,低着头就像认输的公鸡,一言不发。

马进意识到暂时不会有什么结果,他又回头看了看沉默的姗姗，觉得自己该说点什么。

"我怎么觉得你也不着急啊？"马进试探着问。

"着急管用吗？"姗姗反问道。

"那你不想回去啊？"

"想啊！你带我走啊？"姗姗说这句话的时候连看都没看他一眼。

"我不正想办法吗？你放心我肯定能把你带回去。"马进说完这句话之后，姗姗没有接话，这让他有些尴尬，刻意回头去听人们继续商量当"头儿"的问题。

"我觉得司机小王挺厉害的，会爬树摘果子。"小兴突然打破了僵局。

史教授终于等到了机会，连忙说："对，能力强责任大嘛。"

老潘四处张望，他看清楚了张总的颓势，脑子和眼神滴溜溜地飞转，这种局势应该怎么办，他相信没有人比他更擅长，他迅速想到了办法，夸张地指了指小王，用嫌弃的语调说道："开什么玩笑，他一个司机会什么？我们找的是管理人才。"

"那有什么？管理我也干过！"一直没说话的小王急了，"我管过动物。"

小王刚说完这句，大家又哄笑成了一片。

奇怪的是，不论安静还是喧闹，人们都能极其准确地同步反应，像是有人在用看不见的棒子指挥着。

"笑什么？我那些动物比你们难管多了，但只要服从纪律听指挥，也没什么难的。"

纪律是一定要强调的事情。小王烦躁地动了一动，他说到这儿的时候看了看张总，虽然是在跟大家说话，但他也在悄悄地观察着几个高层的反应。

麻烦的是，只要小王想要维持纪律就必须当"头儿"，既然这样他就需要思考，而且可能还得比现在看起来聪明点。人群是极不稳定的，而且机会很快就会失去，小王只得匆忙地作出一个决定。只是当小王面对着"头儿"这个位置的时候，却发现他并不擅长思考，面对这些人，他不得不重新评定自己这么多年来学习到的经验的可行性。

"给个杆儿还真往上爬啊！你驯猴的吧？"人们讨论的事情终于触碰到了马进的敏感部位，马进知道自己暂时不能指望小王或者张总了，他得靠自己说服大家离开，而不是在这里混吃等死地挨下去，他站起来看着众人。

"咱们现在最重要的是离开这儿！找个人带头没问题，但也得找个有脑子的！"

"你说谁没脑子？"

小王向前跨了一大步，手里拿着刚刚削尖的木棍，面对突如其来的挑衅,为了树立纪律他知道自己已没有退路,做好了冲突的准备。

姗姗试图拦下冲动的马进:"好了,别吵了。"

"不然在这儿等死啊!跟着他耍猴去?"马进脱口道。

姗姗看了马进一眼,没再说话,自己扭头离开了山洞。

此时,山洞外又响起一声闷雷,引起人群的几声惊呼。

老潘见张总屁也不敢放一个,见风使舵,走到了小王的身后,他已经看明白了形势,为了能让自己接下来的日子活得舒服,他当然愿意去说关键的一句。

"当务之急,谁能让大家活命,就跟着谁干。我觉得小王可以,大家表个态!"

大多数人点了点头,除了几个人保持沉默以外,没人提出反对意见。有几个人看向张总,张总低头没说话,只是目光呆滞地盯着火光。

"既然大家相信我,那就先把自己的物品交上来,统一管理。"小王四下张望,掏出口袋里的防水火机、小刀等。

马进看到人们把自己包里的东西拿出来,只能暗骂一声,转身离开山洞。

看着这一切,史教授默默抹泪低声说:"我有些伤感。"

"您怎么了?"一直用崇拜眼神看着史教授的美佳问。

"忽然想到,先贤柏拉图说过,人类的故事就是从洞穴开始的。"

马进望着独自走掉的姗姗,追到洞外,发觉眼前一片漆黑,除了浪涛声空无一物。他看到姗姗孤独的身影,紧赶两步追了过去。

姗姗面朝着漆黑,深吸一口气,突然爆发出一声撕心裂肺的大喊,冲着大海发泄出心中淤积的烦闷。然后,她回头看到马进,却仿佛没看到一样,离开了。

马进愣在原地,黑暗中的大海充满了未知,他也想大喊,可是张嘴硬努了几下却都没能发出声来。他捏了捏胸口的彩票,虽然也很害怕,可仍觉得还有希望。

10

口红、收纳袋、塑料袋、钥匙、消炎药、化妆品、驱蚊水、指甲剪、笔、本子、大小不一的包、价格不菲的奢侈品、雨伞、保温杯、餐巾纸、湿巾、丝袜、刮胡刀、避孕套、耳机、充电器以及成堆打不开的手机……越是随处可见的日常用品，在这里越是珍贵，脆弱的现代科技最早被淘汰出局。

被淘汰的还有张总。第一天出门就是一个极大的下马威。

人们从另一个洞口往外爬，才发现通向树林的洞口和进入的洞口完全不同，到处是盘根错节，树的根部和藤条伸进来，跟岩石交错长在一起，如同手臂上粗犷的青筋。

当张总从洞口费力地挤出来，看到外面是一片怪异的树林，无数粗壮的藤条相互缠绕织出的"树网"，像是一座天然形成的复杂"宫殿"，让人难以置信。

张总知道自己来到了另一个世界。他还没来得及掸掉西装上的泥土，虽然这西装也早已不成形状，就听见小王夸张的声音从高处传来。

"我们当前最主要的目标是生存！各组今天的工作任务一定要完成，大家有没有信心！"

张总抬头看见小王站在粗壮的树枝上，拿着手里的木棍，给他的员工们分组和选定小组长，就像他刚成立公司的时候一样，只不过曾经的普通员工都当上了组长，上下颠倒了个儿，他看起来非常不习惯，但思绪很快就被老潘的声音打断。

"你也一起啊，听到没有！"

张总一下子没反应过来，这是他第一次听到老潘命令自己，但他居然无意识地配合了老潘的带领，跟大家一起鼓掌加油，就像在"冲浪鸭"上的时候一样。

"我行！我行！我行！"

张总好像有点恍惚，也感到有一丝滑稽，他跟着手里带着简单工具的人们逐渐散去。但他显然还是低估了目前环境对他的考验。

悬崖边，人们逐渐向上攀爬。张总站在最下面试图卖力地搬动腿脚，老余等几个曾经的高层攀在崖壁上，扒着石头瑟瑟发抖，上下不得。正在进退两难的时候，张总感觉到自己的头上被狠狠地敲了一下，然后就看到小王带着几个年轻人如履平地，从身边麻利地爬了上去，走的时候还回头看了他一眼。

"废物。"

这个词在劳动中被不断地加在张总和老余等人的身上，每天的工作任务他们都没法完成，小王对他们的容忍程度也越来越低，而他们的肚子忍耐饥饿的程度也一样。当张总几个人看到赵天龙拎着两条鱼在礁石背后烤的时候，终于抵挡不住食物的诱惑，走了上去。

孟辉看了看张总以及明显不愿上前的老余，自己凑上前去，看看四周小声问："不怕被看见？"

赵天龙沉默着自顾自地烤着鱼，拿起一条鱼，查看是否熟透，他咬开焦嫩的鱼皮，香气从内翻出来。

"上次你找我借的钱你忘了？真饿得不行了，给我一条吧。"孟辉实在饿得忍不住，揉着肚子腆着脸好声好气。

赵天龙嚼着鱼，脸上没有情绪变化："五千。"

孟辉以为自己没听清，又问了一遍："五千？一条鱼？"

"不说欠你钱吗，现在还你。"

"你这趁火打劫啊……"曾经是公司高管的孟辉怎么也想不到，居然有一天会被保安玩弄于股掌之间。他看着赵天龙大口吃着鱼，香气不停地往他的鼻子里钻，听着身后的几个人不停吞咽口水的声音，眼看着吃到第二条鱼了，他慌了。

"别吃了。五千一条你给我吧！"

赵天龙刚把鱼递出去，孟辉就慌忙抢了过去，和张总几个人顾不上烫就吸溜着分吃起来。

看着赵天龙准备起身离开，老余看不惯他装模作样的架势，忍不住顶了一句："这事儿你就不怕小王知道？"

赵天龙停下脚步，转过身向他走来，语气森冷地说："那你从这儿掉下去，会有人知道吗？"

老余看着赵天龙逼近的身影，不由自主地往后退了一步。

赵天龙一拍老余的肩膀，很轻松地笑了："开个玩笑。"

说完赵天龙扭头走了，留下张总等人在海风呼啸中拿着半条鱼，愣在原地。

张总想明白了，他必须另寻出路。

张总冒着被小王再次惩罚的危险，带着几个人在陌生的树林里神色慌忙地穿梭，但根本找不到方向，几个人发现无路可去后只得原路折返。回去的路上他们迷失了方向，慌乱中爬上一座陌生的山头，在一片杂乱无章的草丛里，发现了一块石碑。

张总期待地扫掉上面厚重的灰土，随着灰土簌簌落下的声音，他的手指愈发颤抖，等他看清上面刻着的一串小语种文字和数字"1970"时，有一瞬间他竟有种看到了公司报表的错觉。虽然字迹已经模糊，但任何人工的痕迹在这个岛上都是意外的发现，所有的数字对他来说都比这里的荒芜显得亲近。他知道如果能抓住有效信息，马上上市的公司就有可能还在，自己就不用在这个荒蛮的小岛上继续玩这原始的生存游戏。

"抄下来，回去给老史看看。"张总知道自己不能放弃任何机会。

　　面对这群笨拙的城里人，小王感到自己的责任重大。他首先带领大家喊起了口号。一张张依然有些陌生的脸，让他的内心有点紧张。可集体的口号就是有这种魔力，他回想起自己第一次在部队，对着二三十个生龙活虎的小伙子，也有几分怯场，但只要几声高昂的口令下去，所有人都会无条件且激昂地服从命令，这招在这里更是有效。他接着从人群里面挑选了可用之才：赵天龙负责捕鱼，齐姐负责采摘和做饭，还有几个人负责后勤工作。但大部分事情都需要他去教，他可以理解这些人的笨拙，但教他们的难度比他想象的还是要大很多。

　　在第一天的劳作中，有人三两下爬上了树。

　　"挺好，素质不错。"小王夸赞着。而另一边的老余，却只能抱着树干在离地二十公分处蠕动。他的手都被树干磨破了，却依然爬不上去，只是沮丧地用自己肥胖的身躯摇着树。

　　捕鱼的时候，老潘和几个人站在岸边无所适从。有的人蹲在河边喝水，活像是一群猴子。小王看得出来有人并没有真正打算干活，只想做个样子罢了。他安排人们围成圈往一边赶鱼，结果手忙脚乱的人群把鱼都吓跑了，这里漏缝儿那里跌跤，甚至笨拙地一屁股坐在只到膝盖的水里叹气。

一　出　好　戏

小王只能用树枝做成原始的捕鱼工具,冷静地用一个猛刺扎住一条鱼。老潘等人惊奇地看着,连忙鼓掌,咧嘴大笑。

"学会了吗?"小王期待自己的示范有效。

"没有。"众人回答。

除此之外,小王意识到需要把"冲浪鸭"上所有能用的零部件都拆卸下来,寻找可以使用的工具。很快岩壁旁堆积了一些物品。他看着几个人从"冲浪鸭"上把椅子拆下来摆放整齐、在海边打捞漂浮物、裁剪矿泉水瓶、清洗水桶、利用岩石把铁皮压成锅碗的形状、收集篝火用的树枝、折断细小的枝杈做成筷子、移开石块平整地面……但是他隐隐地还是有些不放心,万一回去了这车可还得用。他突然想起了什么,回头冲着人群中的小兴喊道:"你离我车远点啊!"

采摘组出了问题,小王知道不少女人的鞋跟插在泥土里,行动不便。而关于野菜能不能吃的问题,女人们也在七嘴八舌地议论着。带头的齐姐一边辨认、解说着野菜种类,一边往嘴里塞了一把,嚼着嚼着突然口吐白沫,翻着白眼晕倒在别人怀里。

但就算这样,小王对目前的劳动成果总体还是满意的。特别是晚上,大家望着火上支着的用铁桶改造的锅垂涎欲滴,小王感觉到自己的本领终于再次得以施展。哪怕锅里面只漂着零星的鱼肉碎片、几片菜叶和掰碎的野果,只有难以饱腹的寡淡。

有的人已经在大口地吸溜着,还有的人拿着碗排队等候着。

"都看看,才几天的工夫,小王就把艰苦卓绝变成丰衣足食了,领导有方啊!"

面对老潘见缝插针的夸赞,小王猛一下还感到有点不好意思,但内心里谁都经不住别人的称赞,他兴奋地站了起来和大家分享起自己的经验。

"我以前搞饲养训练,饮食要求非常科学。一大群猩猩啊、猴啊都被我喂得膘肥体壮。"

"谁有字典?快借我一本……'饿'字怎么写来着我怎么给忘了?"老潘的马屁把大家都逗乐了。人们坐在从"冲浪鸭"上拆下的椅垫上,脑袋和屁股自上而下地感受着久违的舒适,由衷地一起发出感谢的声音。

这让小王更加得意了,他信仰的纪律起了作用,只要像这样继续坚持下去,他有信心让人们都活下去。

可就在这时候张总等人钻了出来,满脸疲态却两手空空,小王顿时换了脸色。

"你们几个干吗去了?我规定的天黑前必须回来!"

张总直接走向史教授,他根本没有理会小王的怒火和老潘在一旁的溜须拍马,慌忙拿出抄写的文字期待地等着可能的消息,但这点可怜的希冀很快就破灭了。

"这是海拔吧?"史教授仔细端详着。

"海平面上升了1000米?不可能吧。"张总的声音开始发抖,不甘心地再次确认,紧张的心被吊到了嗓子眼上。

史教授停顿了片刻,他看了一下张总期盼的眼神,斟酌出最合适的字眼,沉吟道:"也可能是地壳下沉了。"

张总吊在嗓子眼上的心往下一沉,却没能再回到胸口,而是直接从身体里掉了出去。他彻底怕了,自己的公司看来是真的没了。

闻言,山洞里所有的人心里都是一沉,刚刚喜庆的气氛荡然无存。

一片死寂般的沉默之中,小王拦住负责伙食的齐姐的手,他当然不能体会张总的绝望,相反认为这正是让他认清现实的好机会。

"纪律就是纪律!空着手回来的,就饿着肚子睡。"

张总还没有从史教授话语的打击中回过神来,脸色铁青,走向洞的另一侧。

"还真把自己当皇上了!"老余则大声地发泄着所有的不满。

"别说皇上,只要能活下来,爹我都叫!"老潘反讥地笑了一下,他感到这些依然没看清形势的人很可怜。

矛盾就要被激起,不满的话煽动了部分人的情绪,虽然老潘挤兑了一句，但已经足以勾起人们内心的虚火。尤其是小王，他意识到出了问题必须及时解决。有人拖后腿是最打击积极性的，人是很脆弱的，只要有机会，人总会用最舒服的方式让自己活着。

小王想明白了，这就是他强调纪律的关键时刻，跟管动物一样，用完果子以后就得用两下鞭子，现在他需要找人开刀。

"哥，你回来了，你这几天去哪儿了？"

突然，小兴一句惊喜的招呼把所有人的注意力都吸引了过去。人们看到完全置身事外的马进走进山洞。

11

透过早晨的热气,马进所听到的唯一声响就是波浪冲向礁石那永无休止的撞击声。

"我行!我行!我行!"

上岛以后,马进第一次觉得这句口号是从心底里喊出来的,为了自己的六千万,他每天早上都不断地给自己鼓励。

这几天,马进逃离劳动工作独自一人匆忙地在树林里一次次穿梭。他扒开拦路的树枝,发现仅仅十米的距离,两侧树木的品种就完全不同。而在峭壁拔地而起的角落里,又有不少狭窄的小径逶迤而上,深陷在一片植物世界中。他面临的困难不在于需要沿着崎岖的小路向上攀登,而在于不时地要穿越矮灌木丛到达新的小路。他看着周围的树木形状怪异,连成一片,不像会有任何活物出入。唯一能让他继续前进的动力就是坐在石头上,打开《成功学》,看看安然躺在里面的彩票。

马进不停地在树林里攀爬,手脚并用,甚至忘记了时间。树木状若鬼怪,张牙舞爪,像是要捕获贸然闯入者,地上所有的树根缠在一起,无数藤蔓的根茎彼此抱住,让他不得不像针穿线似的在其中穿梭。他在树林间穿行，用石头做标记，除了偶尔透过树叶闪现的阳光，唯一的向导就是山坡的倾斜程度，他通过观察四周那些藤蔓粗大的树木哪一棵长得更高大来寻找出口。当他蹚过一条小溪，穿过挂着水幕的幽暗山洞之后，满地的苔藓如地毯般厚重，湿滑不堪。眼前的道路上，不知是什么力量把巨大的山石都给扭曲砸碎了，它们七倒八歪、你推我搡地垒作一团，透过迷魂阵似的森林凸向天空。

几天之后，马进在面对一次次的绝境无功而返之后，终于看到林子远处透入的微光。他兴奋地追着光线穿出树林，却发现自己来到了悬崖峭壁上，脚下是一片荒芜的海滩。

无尽的海水把马进与幻想的生活无情地割开，他涌起一股深深的无力感，但也只能暗骂一声绕道到石滩，看着凶险莫测的大海，像是用尽了这些天来最后的一丝力气，瘫坐在地。

他不得不承认，这就是一座孤岛。

而讽刺的是，除了脚下这座让马进绝望的汪洋中的小岛，其他的一切带给他更大的绝望。

所以那天晚上，马进拖着身子回到山洞的时候根本没有注意到周围异样的眼神。他饿坏了，浑身脏乱，满脸烦躁，自顾自地找东西吃。他径自走到小兴和姗姗的身边，汇报着这两天的行踪。

小王看了看大家的眼神，刚刚收敛的目光又开始变得有些涣散，于是他提高了音量："行，又来一个。都看看啊，都像这样这活儿还怎么干！"

小王没想到的是马进居然对他置若罔闻，在小王看来，这样放任下去所谓的纪律和规矩就是放屁。

"我说话你听见没有？"小王带着怒气走到依然在讲话的马进旁边。

马进根本没心情顾及小王制造的噪声，对彩票的焦虑正没有地方发泄，他也急了："小王你抽风啊？我这不说正事吗？"

"小王？比你小啊？把小字去了！"一边嘴里还叨着半根鱼刺狠命嘬的老潘加入了争端，说完又拿鱼刺剔了剔牙。

史教授看了看周围，既然强弱形势已经清楚，而且被杀鸡儆猴的也不是张总，这让他感到更加放心，他发挥起文化人最擅长的绵里藏针，在一边补上了一句话："形式不重要，但尊重还是要有的。"

完全在状况之外的马进看了看这几个人的反应，隐隐地觉得有些奇怪，正待要争论，姗姗把自己的半碗鱼汤递了过来。他看了看姗姗依然冷静的眼神，用力地平复了一下心情，刚准备接的时候却被藤条狠抽了一下，半碗鱼汤全洒在姗姗的身上，再抬头看到小王颐指气使的眼神，马进由惊愕变得愤怒。

一 出 好 戏

小王用藤条点着姗姗，质问她："谁让你给他吃的？"

姗姗明显被吓到了，强忍着没有说话，这可一下彻底惹毛了马进，他拿手点着小王怒不可遏。

"养猴的，你再给我指一下看看！"

山洞里突然开始起风，由于天井和洞口形成气流循环，风越来越大。马进比画着冲小王走去，却被小王动作熟练地一脚踹翻。小兴看到马进挨打，便红着眼冲上来。小王顺手抄起一根藤条，舞得虎虎生风，抽得小兴"哇哇"直叫，抱头躲避。

马进挣扎着再次从地上跃起，摆着王八拳冲过去，却被小王迎面一个标准的横肘，捣在肚子上，疼得弯下了腰。小王没有给他任何喘息的机会，紧接着一套军体擒拿的动作，将他双手反剪按倒在地，一只脚死死踩住他的脸，让他不能动弹。马进的脸憋得通红，只能发出野兽般的嘶吼，血丝充满了怒目。

众人全被小王的动作震慑住了，还有人想劝解，也被小王凶狠的目光吓住。在众人心中，其实无形之中形成了一种看法，即马进是个局外人。没有人会为了局外人出头。而张总知道杨洪的伤势还没好，他就算再憋闷也懂得分析目前的形势，不会像马进一样毛躁，他知道现在还不到时候。

伴随着马进绝望的嘶喊声，洞里的邪风更大了。一时间飞沙走石，各种东西被吹飞，叮叮当当砸在岩壁上。狂风席卷，丝毫没有要停的意思。

马进被屈辱地踩在地上,全身唯一可以动弹的胸口紧紧地压住背包,那里面有他最后的希望。

小王回头望着还在窃窃私语的众人,他们就像是漏了气的气球,小王知道自己得把这个口给扎上。

"以后像这种害群之马,就得剔除出去!"小王斩钉截铁地说。

于是,再也没有别的声音。

12

驱逐马进之后，小王身上的担子总算轻松了一些，大家的劳动积极性明显更高，就连张总几个人也做足了样子。小王身后站着老潘、史教授、赵天龙，凑齐了古代文官佞臣武将的搭配，他如往日一般刚讲完话，看着其他人站在对面，略有次序地跟随老潘喊完口号，拿着包和其他工具逐渐散去。

小王满意地看着他的管理成果，内心深处有点膨胀。他一转身却发现老潘还留在原地，身边还站着身姿妩媚的Lucy。

"她身体不舒服，但心细会照顾人，我安排她在您身边。您有什么需求直接跟她说就行。"老潘把Lucy推到前面，谄媚地说完就走了。

山洞里突然只剩下两个人，小王有些尴尬，他用眼神上下瞟了Lucy几眼。在岛上过了这么长时间，其实他还是不太敢直视Lucy，毕竟这种女人是他之前的生活经历中根本不可能接触到的。

"哪儿不舒服啊？"小王故意躲开Lucy高耸的胸部，余光却又看到了她白嫩的长腿，他马上移开了目光，感到浑身不自在。

"哪儿都不舒服。"Lucy咬着下嘴唇，撒娇地说着，她看出了小王的不自在，心里有点窃喜，她太了解男人了，对于送上门来的诱惑根本没有抵抗能力，而自己最擅长的就是利用这个优势。

她颤颤巍巍地晃了两下，假装脚下的高跟鞋没有踩稳，直接扑在了小王身上。

小王慌忙之中抱住了Lucy，双手根本不知道往哪里放，手掌心还贴在她身上，但十根指头却用力离开了一公分。他看着Lucy的睫毛几乎要刷到自己脸上，身上感受着女性独有的柔软，只能极其尴尬地把Lucy扶了起来，他竭力调整着自己的心跳，但语气开始有些慌张。

"趴下吧。"

Lucy愣了一下，马上顺从地趴了下去，翘起臀部性感的曲线，两条修长紧实的大腿也弯成性感的弧度，摆好了姿势像是在期待着什么，扭过头去。

这个样子别说是在荒岛上，就是在外国电影里小王都没看过。

"俯卧撑五十个！"小王大喊一声掩饰着内心的紧张，不顾Lucy的诧异，接着训斥道，"身体就是用进废退。练！"

在一阵阵娇滴滴的惨叫和呻吟声中，小王实在撑不住了，急忙往山洞外走去。

但小王不知道，马进在洞外已经等了很久。马进对于彩票的希望并没有停下，因为时间是不会停下的，日子已经向前赶着又走了一个月左右，他必须得到更多的物品才有离开的可能。

马进看着小王走远，又等了一会儿才蹑手蹑脚地摸了进去。

Lucy听到脚步声以为小王回来了，她快速地拿定了主意，整个人侧着躺了下来。

马进环顾四周,只看见 Lucy 一个人,但她好像睡得很熟,而收缴上来的物品全放在了她身体里侧。马进连气都不敢出一下,伸手越过她的腰肢,整个人几乎骑在了 Lucy 身上,偷偷地把东西一件件地往外拿,尽量不发出任何响动,往包里装着。

突然,马进的手被握住了。是 Lucy,紧接着又听到 Lucy 慵懒的声音。

"好有力量的一只手啊,我最崇拜的就是男人的力量。还有,上次的那个大叫的方法真的太管用了,我每次大声叫出来,都舒服了很多呢……"

Lucy 边说边叫了起来,手指还不停地揉捏挑逗着马进的手,胸口上带着几滴细汗,随着叫声上下起伏着。

画面香艳十足,马进知道自己被当成了小王,眼看着 Lucy 扭动着就要翻过身来,他随手把旁边的一块布盖在了 Lucy 的脸上,慌忙挣脱开,从她身上下来。

Lucy 先是吃了一惊,随即咯咯地笑了。

马进看着还在自我陶醉的 Lucy,刚准备走,就发现老潘从洞外走进来,接着外面响起了更多的脚步声,他不顾老潘的大喊急忙从另一个洞口跑出去。

还没跑几步,身后就传来了小王的怒吼。

13

"赶紧收拾东西，准备跟我回家！走不了的可别后悔！"

人们最近总能在山洞里听到马进夸张的鬼哭狼嚎，却没见过他的人影。他们从一开始感到奇怪到逐渐无聊。不只是因为马进成天念叨，毫无用处地空谈离开，日复一日的劳动也让人们感到厌烦。

小王正如往日一般，睥睨众人，大家或坐或立，围在他的面前，就像一群猴子。张总已经被打压得不成人形，他和身边剩余的几个人蹲在后排，嘴里叼着舍不得点的最后一根雪茄，忍受着习惯了的饥饿，努力保持着一点自己的腔调。

"这还不就闹着玩。辛辛苦苦打拼这么多年，一心工作，都没休息过，权当给自己放个假。"张总不顾自己的狼狈，摘掉皱皱巴巴的衣服上的树叶，强装豁达，安慰在他身边抱怨的老余。

"张继强！把烟掐了，室内不准抽烟！"身后又传来一声小王的暴喝。

张继强。张总被这几个字震醒，他才意识到自己还在眼前这个狭小的山洞里，过着原始人的生活。他也渐渐习惯了自己被叫回之前的名字，但他还不能习惯把小王叫"王"，但其他人仿佛都习惯了这种荒谬的叫法。

小王刚准备继续训话，突然洞外又传来马进的一声高喊。

一 出 好 戏

"不用跟耍猴的瞎啰唆，回家才是真的！"

被赶出山洞的马进一身野外生存的行头，他头上裹着破布，手里拿着根树枝做的叉子，整个人也脏乱了许多，胡子也冒了出来，跟树叶纠缠不清。他把一只安静的蜥蜴哄走后，拿出几颗果子，啃了两口，就攀爬上树，分开树叶冲着洞内高声号叫。喊叫中透着几许疯狂。

马进的喊声在石壁上相互碰撞，形成了更大的回声，在山洞里嗡嗡作响，继而又转成了歌声，曲调荒腔走板，带着几分神经质，人们仔细地听了听，才辨析出那原来是《常回家看看》的旋律。

小王试图压制住大家的议论，但还是有人跟着曲调哼了起来，几个人渐渐地和起了歌声，和马进声嘶力竭的歌声怪异地凑在一块儿，慢慢地变成了低声的抽噎。

面对眼前突如其来的荒诞，姗姗忍不住偷笑了一下。

马进从洞口看到了姗姗的表情，冲她大喊："姗姗！你不用笑，看个猴戏有什么可乐的！你也不用每天给我送果子，照顾好你自己，随时准备跟着我走！"

突然被点名的姗姗愣住了，她根本不知道什么果子的事情。而坐在旁边的小兴捂住了脸，看来这果子是他送的，但他不敢承认。

马进还在不管不顾地继续喊叫，完全不在意众人目光中姗姗的尴尬。

小王一看情况不对，急忙抄起藤条走向洞口。

"信不信我抓着弄死你！"小王怒骂道。

马进看到小王冲了上来，慌忙逃跑，一边冲着下面的缝隙扔着石头，一边嘴里骂骂咧咧，但满地绊脚的石块明显制约了他的速度。

小王要敏捷得多，他躲避着石头，闪转腾挪，判断准方向，从山洞的另一面绕了一圈来到马进背后。一个猛扑，上前抓住马进的后颈，把马进从地上直接提了起来，又狠狠地按到地上。

马进无力地反抗，发出痛苦的呻吟，小王心里和手上都越来越狠。

"你给我记着！只要我在，这岛上就没你一天好日子过！"

挣脱不得的马进渐渐放弃了抵抗，他知道自己在这个岛上已经找不到别的出路了。

闹剧发生的时候，山洞里的张总却露出了不易察觉的笑容。

张总知道自己是个体面人，在哪儿活也得有个样子。老余、杨洪以及其他几个高管，这些人还不够，他还要更多人，作为团结到身边可以使用的力量，现在看来，这个不着调没出息的马进是个不错的选择。

马进并不知道，张总此时已经在这个岛上找到了别的出路。

就在几天前，张总带着几个人在一遍遍找路，又一遍遍徒劳无功之后，顺着海边绕过一块巨石，看到了一片巨大的阴影，那个阴影让他几乎不敢相信自己的眼睛。

他现在要做的，只是找到一个合适的机会。

14

自从上了岛以后，小兴就觉得堂哥很怪，不理解堂哥为什么这么急躁地一定要走。堂哥偷偷摸摸地跟他打听了好几次小王的作息时间、轮岗保护食物人员的值班表以及姗姗的情况。

　　小兴当然也想走，一上来马进就让他摆求救信号，张总让他修车，他都能够理解。可到后面开始集体劳作、堂哥连续几天不见的时候他已经没有了搪塞小王的借口。其实对他来说，在这里还是做着重复的机械的工作，跟别人没有特别多的关联，他反而慢慢地回到了一种上班的节奏里。但有时，小兴痛恨自己的懦弱。上次在山洞里，他被小王抽了几下，只不过是因为小王一个凶狠的眼神，就没了勇气再站出来帮堂哥说话。他一直都知道自己的弱点，却无力反抗，这么多年的苦日子已经把他压得死死的，逆来顺受成了他的基因。所以他只敢偷偷地往堂哥藏身的树林里藏果子，观望着他的情况，以及在夜深人静的时候溜出山洞，一个人向马进被绑的地方挪去。

　　小兴在漆黑的林子里警惕地东张西望，轻手轻脚地从一棵树后迅速转移到另一棵树后，任何异样的阴影在他看来都像是等着他自投罗网的小王的身影。

　　小兴每走一步都谨慎地反复确认周围有没有人，终于来到一

一　出　好　戏

棵大树边，找到了双脚朝上被倒吊在树上的马进。

"快给我解开，疼死我了！"马进看到小兴，松了一口气。他被绑了一天，浑身酸痛，焦躁不安，全身的血都充在了脑子里。

小兴凑上前去刚要解开绑绳，突然远处的树林里传来一声模糊的怪声，本就神经紧张的他吓了一跳。

"这什么声儿，吓死我了。"小兴加紧速度解绳子。

"哥，要不回去跟小王低个头认个错算了。"小兴把马进放了下来后，犹豫了半天吐出这句话。

"吹呢！"马进说完，揉着手腕转身就走，头也不回，"我都把东西准备好了，做筏子去。"

小兴犹豫了一下，想了想还是跟了上去。

当小兴把简易的筏子扎好的时候，已经是第二天清晨。他用脚踩了几下木筏，又在底下绑上几件救生衣增加浮力。看着海上初升的太阳，以及站在岸边的堂哥的背影，他知道马进心中也有恐惧，他必须得劝堂哥冷静下来，毕竟这么小的筏子根本难以长时间抵御一浪压一浪的海水。

"哥，这海上风大浪大的，说实话你一个人走，我真不放心。"

"你神经病吧？是咱俩一块儿走！"

小兴被噎得说不出话来，刚准备好的劝说词全忘了。

"出去是危险，但在这儿待下去是死路一条！我走你不放心，把你一个人留在这儿，我还不放心呢。"

小兴想了想，说："没事，你放心吧哥。"看了看堂哥的眼神，他又慌忙补充道，"哥，你怎么老想走啊……大家不都说世界可能都没了吗？"

"那不是可能吗？你不去试怎么就知道是真的？只要在太平洋上，咱们奔着西北方向走，肯定能找到大陆。"

小兴听到这句话彻底放弃了，堂哥看来是真的神智不清了。虽然如此，危险再大他都得陪着，堂哥帮了他这么多年，自己必须得在关键时刻拉堂哥一把。

"你们俩在干吗？"

小兴刚下定决心，就看到姗姗从礁石后走了过来。他终于找到了真正可以劝阻堂哥的人，可刚准备说话就被马进直接用眼神给堵住了。他只能无奈地挪动不情愿的步子回到小筏边，无聊地收拾着物品。

但过了一会儿一直没有动静，小兴探头远远地看了看，没想到正看见马进走到姗姗身边意图强吻。他看呆了。堂哥居然还有这么一手！太有男子气概了！

小兴还没来得及掩饰住尴尬，就看见堂哥气冲冲地朝着筏子大步走来，解开绳子，推筏下水。

"走！"

小兴点了点头，啥也不说了。他拿起船桨往岸边的石头上一推，朝着未知的大海划去。

小兴很快就后悔了。

四下只有茫茫的海水，小兴心里越来越没有底。他担心地回头看看身后的小岛，又看看堂哥正执拗地奋力前划的背影。

"哥，咱不会又碰上大浪吧？"他小心地试探着马进的情绪，"不会有鲨鱼吧？"

"划！"马进连头也没回。

海浪渐渐大了起来，炽烈的阳光烤着孤独的小筏。小兴看着马进卖力挥着双手，后背已经被汗水浸透，衣服紧贴在身上变成了一张皮。他觉得更渴了，拿起水壶不停地喝水。

"你省着点！我打的半个月的量。"马进听到声音回头看了一眼。

"半个月？"

马进看出了小兴的紧张，缓了一下，说："多想点好的，想想回去最想见谁？女的！"

"我姥姥。"

"行，回去我就领你见姥姥去！"马进的声音越发坚定，像是小兴的姥姥已经近在眼前。

小兴沉默了一下，低声说："我姥姥已经死了……"

小兴不自觉地放慢了速度，又回头看看身后的小岛，小岛越来越远，无边的大海中只剩一个黑点，那是最后的希望。

"哥，就剩一点了，再划就啥都看不见了。"小兴终于停下了手中的桨。

马进还在无声地往前划，慢慢地却看到了本该在身后的小岛，一回头才发现小兴早已经停下了。筏子已经调了个头。他正要发火。

"哥，你看那是啥？"小兴指着海上漂过来的一个白色的毛球。

白色的毛球顺着海浪被推到两人脚边，小兴纳闷地用桨一碰。

毛球翻了过来，露出几根龇着的獠牙。

居然是一具张着大嘴的北极熊尸体！北极熊的表情狰狞，像在诉说外面的世界曾发生的可怕灾难。

"哥，回吧！"恐怖的景象把小兴吓哭了。

突然，天尽头一条黑线向海面快速压来，电闪雷鸣中隐约可以看见远方几条带着电光的巨型龙卷风，暴雨转瞬间倾注下来。

小兴看着堂哥突然歇斯底里地抡起桨一下下拍打海面，又咬紧牙关拼尽全力摇桨，两只胳膊抡得像风车似的，但自己的胳膊像是灌满了铅，就快再也抬不起来，只是在勉力地支撑着。

小兴印象中最后的画面就是两个人在一直往前划。不知道什么时候身边突然站满了人，充斥着刺耳的笑声。

"划！接着划！离目的地还远着呢。我还以为你们找地儿去了，原来是打猎去了啊！"

小王暴怒的声音传入小兴耳朵，接着是被抽打的火辣辣的疼痛，继而他看见地上北极熊绵软的尸体，和身边围着的如同豺狗一样的人们。这些都和他模糊不清的意识一起扭曲。但他的耳朵里，除了讥笑声，还夹杂着不断重复的"彩票""六千万""傻子"，它们逐渐将他拉回了现实。

小兴晃了晃眩晕的头，他还是不敢确定眼前发生了什么。直到他看见堂哥着急地扔下船桨跳下可笑的木筏，紧紧地捂着包，像捂着自己的命，他才有点明白。小兴认得这个动作，那是马进在捂钱的时候才会有的劲头。

"马进，你领了奖是不是得给姗姗买个五克拉的大钻戒啊？"

"我十克拉的买俩，给她别拖鞋上，我愿意！"

小兴晃晃悠悠地撑起身体走过来，用自己都不敢相信的语气拦住马进："你骗我？"

小兴从没想过自己会有一天对最信任的堂哥说出这句话。他的世界在这一刻猛烈地崩塌着，比之前的"末日"更甚。他不断地拉扯着马进，疯狂又无力地追问着。

"你让我豁上命就为了这个？"

小兴看着堂哥越走越远，如同从他心里往外扯出来一根毛线头，拉扯着那团信任一圈一圈地变小，直至消失不见。他的愤怒彻底爆发，他猛地追上去，脚下却被绊倒，重重地摔在了崎岖的岩石上。

小兴听到身后远远传来一片更大的哄笑声，他知道那群人把这一切都看成滑稽的节目。他趴在地上不愿起来，看到血从鼻子里流了出来，眼前一片鲜红。

"小兴，这对我太重要了。我不该瞒你，但我承认即使回去拿了钱，也不知道会不会给你。这个世界本来就是这样，我觉得我做的没错。"

小兴冷静地听完每一个字，身体变得越来越僵冷，心中那道抵抗的城墙被挖掉了最后一片残垣，放任外面世界的冷酷、真实、不堪一齐涌了进来，慢慢侵蚀掉他的内心。

小兴打掉了马进想扶起他的手，起身离开。

他真正地哭了，心如刀割。

15

马进看着小兴抽泣着走远的背影，心里难受极了。他看着周围笑出眼泪的人群，他们在这个孤岛上以最后一丝希望的丧失为乐，只要眼前的事情和自己无关就丝毫不担心未来的处境，这让一切都看起来特别滑稽。

马进看到姗姗独自坐在一边，正低着头忍受着大家的起哄声。因为自己的举动，姗姗也被连带成了大家取笑的对象，她的表情显得很尴尬。本来彩票中奖的事情只有姗姗知道，他又想到了早上出海前的一幕。

马进摸了摸藏在包里的彩票，又看了看大海，也直嘬牙花子，小兴的犹豫更放大了他内心的惶恐。但面对越走越近的姗姗，他又鼓起一股劲，刚刚还有点瘪掉的心又强撑起来。

"你这是去找死吧？"

"那也比在这儿等死强。"马进看了看走远的小兴，"我也是给大家找条活路。"

"你能不能现实点。"姗姗说完冷静地看着马进。

马进笑了，他太熟悉姗姗这种不带感情的眼神了。这么多年没有人比他更现实，要不是因为这两个字，他不会一直把对她的情感隐藏起来。他很清楚地知道姗姗一直都看不起自己,但他也并没有去追求爱情的底气。一个男人要有多少钱才敢去追求一个女人,这是一个很微妙的问题,而且无论从哪个角度回答都会得罪人。但马进觉得自己现在已经有了,他把彩票从书里抽出来,狠狠地亮在姗姗面前,终于硬气了一回。

"现实?爷的彩票中了,六!千!万!现实吗?"

姗姗看着马进一个字一个字地说完,她当然没想到彩票的事,但更令她难以置信的是马进现在的举动。

"到底是命重要还是钱重要?"

"钱!"马进赌气地直接回答。

看到姗姗讪笑了一下,他刚才的紧张反而放松了许多,不禁也笑了,为了缓解尴尬,也为了自己这么多年的挫败感。

"是,我在你眼里不就一直是个笑话吗?"马进看了看变幻莫测的大海,他也知道这一路的风险极大,有可能这就是他最后表达爱意的机会了,他停顿了一下认真地看着姗姗,"反正要走了,我也不怕全都跟你说了。上次你结婚的时候,你前夫收的那些纸钱是我送的,他车上那雨刮器每次都是我掰坏的,后来你俩离婚,楼下的鞭炮也是我放的。"

姗姗看着马进越说越激动,犹豫地问:"我抽屉里的那瓶千纸鹤……"

"是我叠的怎么了?从小就心灵手巧你服吗?"马进脱口而

出补上这句话,他想想这么多年自己为姗姗做的事太多了。他用自己认为最好的方式把心意都传递给了姗姗,当然也是没怎么花钱的方式。不过没有钱一切都是白扯,这个道理是马进的人生信条,不论时间、地点、人物、事件,都是一回事儿,所以他必须得把这六千万攥在自己手里。

"还有,你以为自己有多了不起。我电脑桌面上就是你,你都不知道被我弄过多少回了!"

姗姗彻底愣住了,她想不到马进会突然说出这么多话,更想不到是以这种直男癌的口吻。

马进终于把自己多年的话都倒了出来,转身决绝地离开。但刚走了两步他突然顿住了,像是又一次努了把力,气势汹汹地回过头快步走向姗姗。

姗姗惊恐地睁大了眼睛,慌忙低头捂住嘴巴。

本来壮起胆子的马进,看着蜷缩着蹲在地上的姗姗,满头的热血被晾在了半空中。无奈之下,他只能抓起姗姗的一把头发,拼命地按在自己的鼻子上,用足力气深深地吸了一口,像是了却自己最后的心愿。然后他把一支口红和一包方便面硬塞进姗姗手里。

"这一趟死就死了!要是成了,我开着三层大游艇回来接你!"

马进说完这句豪言壮语,终于鼓足了勇气离开,如同英雄的诀别，朝着金钱奔去。

　　笑声再次把马进拽了回来，他变成了一个会走路的笑话，走到哪儿哪儿便笑起来。

　　马进踩了踩和现实一样冰凉的岩石，他的一只鞋在划桨的时候掉进了海里，脚底已经被划出了一个口子。他抬头看了看悬崖上的"SOS"，因为自己拿走了一部分救生衣做筏子，现在已经变成了"SO"。而远处小王等人围在北极熊尸体的旁边，几个女孩流下了眼泪。

　　史教授哽咽着摇了摇头："四极废，九州裂，天不兼复。"

　　这句话给马进的心情盖上了棺材板儿，而他的眼前也适时地飘过了一摞飞扬的纸币。

　　马进抬起头才发现张总正把钱包里剩下的钱，绝望地全撒了出去。

　　外面的世界真的没了。

16

当越来越多的人接受世界毁灭的事实，日子就过得更快了，在失去希望后，时间不过就是重复的日出日落罢了。

有一些人来到小河边，将自己身上一些零碎而无用的物品，放在一块简易的木板上，看着它顺流漂向大海，摇摇晃晃，时隐时灭，与过去告别。

但马进还没有彻底失去希望，就算外面的世界出了再大的事情，可他的彩票只要还没有过期，那就是一个仍在跳动的倒计时数字，他只是一时想不到新的办法离开。他不得不融入每天的劳动，看着山洞里的人们维持着现状，如同机器一样散在山洞的角落里。石壁上雕刻着史教授撰的"史记"——"岛元年，天崩地裂，王以船渡众人来此无名之岛。励精图治，劳体费心，众人协力劳作以求生存。王威而厚德，赏罚分明，生存之地每况愈佳。虽有几忤逆者，王罚之教之，遂井井有条。"

人们就这样服从小王，就像过去无条件地服从张总一样。在山洞的正中间，小王坐在北极熊的熊皮上一言不发。Lucy 小心翼翼地伺候在一边，并不大敢上前。人们三两成群，窃窃私语，有人睁大着眼睛观察小王，猜测会不会还有某种事情正在进行。

小王的内心已经开始享受这种当"王"的感觉，特别是只要发号施令而不需亲自劳动就能获得尊重和地位。散漫的人群也变得听话，他也越来越游刃有余地驾驭他们。

一 出 好 戏

马进用塑料瓶给自己做了一只鞋,每走一步路都吱呀作响,在安静的山洞里显得分外刺耳。他全然不顾小王的注意,继续在山洞里来回踱步,反复试着哪一块地面更加平坦,然后把自己睡觉用的坐垫放上去。

"一切都有办法。"马进耳边突然传来张总诡秘的声音。

马进抬头看着张总,发觉张总的眼神中似乎有点异样。他刚准备说话,便被小王暴虐的声音打断。

"你们俩干吗呢?罚得还不够是吧?来,今天你俩打十条鱼。"

"十条?别人为什么不是十条?"

"别人?别人是劳动,你们这是劳动改造,能一样吗?"小王的声音像是暴雷一样炸响,山洞里没一个人敢说话,"少了?十五条!二十条!"

被喷了一脸唾沫星子的马进瞪着小王,被张总拉出了山洞。

"六千万从天下砸下来,还没回过神来,眨眼就没了。你心里的难受别人不懂,我懂。"

马进看着张总闲庭信步在树林间,他故意把塑料鞋底踩得更响,表示完全没心情听张总的唠叨。

"所以说,我比你更想走。"张总看出马进的烦躁,他走到一棵树下,轻轻扫掉树根上的青苔,示意马进坐下来,"有欲望不是坏事,但按照我之前的经验,两条。第一,合作。要跟一流的人合作。"

轻描淡写地,张总把手搭在了马进的肩膀上,很放松地拍了拍。他看得出来马进的眼神已经被勾了起来,他更有把握了。

"第二,忍耐。要懂得时机的重要性。"张总说完就起身自己走了。

马进反复掂量着张总的话,眼睛慢慢亮了起来,想要离开的急切念头又疯狂地冒了出来,他慌忙站起来加快两步拉住张总。

"你有办法离开这里?"

"办法总比困难多。走,打鱼去。"张总意味深长地望着马进,示意他接着往前走,自己迈开轻松的脚步,哼起流行小调。

马进似懂非懂地跟上,希望像是几块摩擦碰撞的石头一样,一下下地敲击着,把心里的火苗点着。

马进紧跟着走出树林来到海边的一块石头旁,发现石头缝隙的坑洞里有一洼浅水,而张总就坐在旁边。

马进低头向下看去,才发觉浅浅的水里竟然密密麻麻地簇拥着几十条活鱼!

鱼群上下翻腾,拥挤扭动。

马进激动地跳下水坑,把还在蹦跳着的鱼一条条捞起来往包里扔。

"三十三,三十四……"马进边捞边数,装鱼的包渐渐盛满。

"咱们岛上一共多少人?"一直没说话的张总问道。

"三十个。"马进看着张总神秘的笑容,不解其意。他奇怪地看着张总从包里拣了两条鱼出来,像是丢垃圾一样再次扔回水坑。

"今天晚上我怎么说,你怎么做。"张总收起一直挂在脸上的微笑。

一出好戏

17

烟雾缭绕，山洞里的风让烤鱼的香味更加均匀地蔓延。

马进正把鱼串在树枝上放到火上的铁网上烤。

烤鱼的时候，人们也像鱼一样被烤着。他们伸长脖子，看着火苗翻飞。有人已经分到了鱼，顾不得烫嘴大快朵颐；有人还在焦急地等着自己的那一条，吞咽着口水。所有人都被食物聚拢过来，眼里原始的欲望喷薄着。没有人能够拒绝这种诱惑，在过去的一个多月里，他们主要吃野果和野菜，只是偶尔才能捉到几条小鱼，他们接过一条条半生不熟的整鱼，像野兽一样撕咬起来，全世界都只有吧唧吧唧的声音，这种咀嚼是久违的感受。

张总满意地看着眼前的一切。

迅速吃完的人们抿着鱼刺上的肉星，满脸幸福。但很快大家发现铁网上的鱼多出了两条。焦黄的鱼皮外翻着，嫩白松软的肉呼之欲出，滴下来的油脂在火上滋滋作响。每个人都觉得鱼的眼睛在盯着自己，却没人敢拿。

"不管是马进还是马退，能捞到鱼就是好马！人就是逼出来的。"小王对打回这么多鱼略微有些狐疑，但也难以抑制兴奋。

"那可不是嘛！这就叫压力变动力。"众目睽睽之下，老潘边说边顺势把多出来的一条鱼塞给了小王，"王，你再饿他们几天，

一出好戏

我估计能打上来更多。"

其他人压抑着心中的不满,视线不离铁网,等待小王决定最后一条鱼的分配。

小王被捧得飘飘然,嘴里咀嚼着鱼肉。

老潘在旁边直勾勾地期待着自己因为刚才的表现能够换来一条或半块儿,像条等着捡食儿的狗。

"Lucy最近身体不好,多吃点。"

众目睽睽之下,小王直接将最后一条鱼抓过来,递给了身边的Lucy。小王不觉得有任何问题,刚上岛的时候人们吃的鱼都是他捕的,现在由自己来安排也是理所当然。

其他人眼睁睁地看着,压抑着心中的不满,却不敢说话。

在一片沉默中,马进突然上前一把将Lucy手里的鱼夺了过来,放回铁网。

就是这一下,激化了张总早就谋划好的矛盾冲突。他等着大家的反应,眼神望向跳动的火焰,身边的几个高管也早有默契。

所有人都不再发出声音,默默地放下了嘴边没有吃完的鱼。

Lucy噘着嘴委屈地看着小王,眼神里透出的可怜底下埋藏着命令的意味。

小王明显感觉被冒犯了,马进的这个举动几乎等于当众打他的脸,身边的赵天龙已经开始大声呵斥马进。

火堆跳跃在两帮人中间,人们就像是处于一道高耸入云的屏障两侧。

听着赵天龙愤怒的谩骂，恢复健康的杨洪直接站起来拿手指着他。老余、孟辉、杨朔等人也都站了起来，发泄着上岛以来的不满。

赵天龙知道自己不是杨洪的对手，不由自主地后退了两步，但嘴里还在不甘心地骂骂咧咧，他回头看看老潘和史教授，发现自己除了小王以外找不到别的帮手。

双方的战斗一触即发，两拨人直面相对。在这个狭小的山洞里，人们感到自己周围有一种可怕的激情正被鼓动着。

张总为了这一刻已经准备得太久了，他站出来打破僵持，把自己手里没吃的鱼又放了回去。

"不就是一条鱼嘛！能让你活着就不错了，哪还有那么多意见啊？之前我们是同事，更是朋友，互相帮助，彼此温暖。可现在呢？怎么变成今天这样了？"张总停顿了一下，他的话带有极大的煽动性。他满意地看着大家的神情，配合着说话的语气用力地挥动着手臂，"灾难到底是什么？是那个巨浪吗？不，是巨浪之后的现在。外面的世界毁灭了，我们可能是人类的幸存者，但同时也是新人类的开创者。我们要怎么活？再回到树上去？对不起，我做不到，我相信在座的大多数人都做不到。我们是人，作为人类的文明、体面和尊严，不能就此颠覆掉！"

马进也没想到张总的准备竟然如此周全并且动人心魄，他看着人们互相传递的难以置信的眼神,发自内心地鼓起掌来。自己的彩票只有在曾经的文明世界里才有价值,所以他必须和大家一起回去,而张总现在燃起的就是这种激情。

在马进的带领之下,逐渐响起了层层叠叠的掌声。

站在小王身后的史教授听得入神,也由衷地鼓起掌来。

小王没说话,他站起身来,转身往高处走去,经过这一个多月的时间,他已经熟悉了当"王"的感觉,他知道这种时候需要有些仪式感,随即把剩下的一条鱼递给了史教授。

史教授受宠若惊,狼吞虎咽地把鱼肉囫囵吞进肚中,彻底卸下了知识分子端着的架子,对食物的原始本能完全占领了理性。

"说得太好了。一听就是有脑子的。"

说完这句话以后,小王感到一阵突然的困难,就像脑子里有忽隐忽现的一道墙,挡住他想要说出来的字眼。毕竟除了喊口号以外,小王并不擅长长篇大论。他有些紧张,但看到大家严肃地看着自己的眼神,人们都没说话,一点都没有怀疑他的能力,这让小王又一次感到了从脚下升腾起的力量感,他伸手把挡在眼前的头发撩开。

"但就现在这个情况,到底是脑子重要,还是肚子重要?史教授,你说呢?"不等史教授回答,小王突然爆发,猛然一把打掉了史教授还在往嘴里填塞着的鱼肉,提高了嗓门,"我就问你,明天饭还吃不吃!"

史教授吓坏了，从满嘴的鱼肉里硬生生挤出一个字："吃……"

"张继强，你要是愿意去送死，马上就可以滚。"小王重拾自信，因为不会再有人打断他，他连口齿都变得流利起来。

"张继强"这三个字从小王嘴里说出来又一次刺着了张总。他稍微停了一停，看到大家的沉默，他变得有些吃惊和疑惑，这是他意料之外的反应。

"每个人有每个人的选择，走还是留，是每个人的权利。如果哪位无法苟同眼前这种生活，我们可以一起离开。"张总希望能用自己的感同身受带走足够用的人，说完以后他举起了手。

老余和杨洪等四五个人没有丝毫疑虑，直接走到张总旁边举起手。人们开始议论纷纷，有些犹豫地互相看着，他们决定观望一下，毕竟谁也不想轻易冒头。就是在这个地方，这个山洞里发生过太多的冲突和惩罚，就算这次关于去留的投票再度引起暴力，也实属正常。

马进观望着突如其来的变化，他发现小兴和姗姗都没有要走的意思，但张总已经在篝火上把火把点着，带着身后稀稀拉拉的七八个人走出了山洞，他必须做出选择。

"跟我走。"马进知道姗姗在这里暂时还是安全的，他走过去拉拽根本不搭理自己的小兴，但很快发现毫无意义。他只能趁着小兴别过脸的瞬间，猛然托起他的胳膊。

"好，既然小兴要走，那我也走！"马进故意夸张地大声说。

一 出 好 戏

"滚滚滚，你们俩都滚！"

小王的声音里带着明显不耐烦的危险信号，他看着张总带人走出山洞，强忍住脾气，将马进和小兴也轰出了山洞。

山洞外天色已暗，趁着月光，张总胸有成竹地举着火把，带着一行人往树林深处走去。他们在夜晚的树林间留下粗重的喘息，直到他们艰难地转过一片河滩，看到一艘弃置的救生艇正卧在乱石堆里。

一直在迷茫跟随的马进兴奋地跑了过去，即便救生艇船体已经完全破碎，几乎只剩一个外壳，也比他的破木筏靠谱多了。他以为这就是张总准备的惊喜，没想到张总连看都不看一眼，接着往前走。马进还在奇怪，突然，一声尖厉的怪叫从远处传来，在夜色里听起来更加诡异，他害怕地加快脚步追上众人。

不知道又走了多久，马进跟着人群艰难地走过一片泥泞，穿过高树掩盖的洞口，又绕过一块巨石，终于走出树林，豁然开朗。

只见一片浓雾中，一个庞然大物倾斜着陷在地里。一艘倒扣的双层轮船正令人难以置信地横亘在人们眼前，高耸的阴影几乎完全遮挡住了仰望天空的视线。

马进不敢相信自己的眼睛，他狂奔过去，借着张总擎着的火把的微弱火光，他贪婪地观察着大船。火光映照下的船体有些锈蚀，底舱侧面的铁皮也斑驳掉落了几片。翻倒的轮船驾驶室倾斜着陷入地里，巨大的底舱反扣在上面。巨轮在黑暗中伸张着巨大的轮廓，在月光的沐浴下显得阴冷神秘。

马进张着嘴惊讶得说不出话，还没回过神，就看到轻车熟路的张总等人已经顺着一座铁桥走进船内。船内更加阴暗诡秘，从窗口和破碎的缝隙流进来的月光时有时无，每一个人经过时都被剪成侧影映在铁壁上。

马进小心翼翼地跟在后面，每一步都很慎重，躲避着惨白的地面上蔓延交错的管道和两边墙壁上倒悬的各式标识和零件。他避开脚下的玻璃灯，抬头看到一排排被固定着的桌子悬在头顶，又匆忙低头避让。头上的"地板"倒是光洁平整。

当路过船舱的时候，马进借着微光看到了空中挂着的吊床和椅子，散在地上的工具和各式破碎的残品。所有的一切上下颠倒，他不时地发出欢呼和错愕声，像是进入了埋藏在地下多年的宝库。他兴奋地在船舱内探索，惊喜地在角落里发现了一只磨损的船员皮鞋。他比画了一下大小直接套在脚上，换下了塑料瓶鞋，久违的柔软让他的脚步和心情都更加轻快。

此时，张总带着人群走进了一个较大的空间，他熟练地将火把放好，将眼前照得通亮。在火光照耀下，曾经被淹没的文明再次回到所有人的眼前。只见他自信地从旁边的柜子里取出一瓶红酒，接着又让老余从里面拿出了一个精致的高脚玻璃杯。

"感谢各位对我的信任。我张继强说到做到，未来绝不会亏待各位！"张总说完才意识到他用了这个多年未用的名字，不过现在他反而很喜欢。他把酒杯倒满并示意大家传递下去，看着每个人小心又满足地嘬了一小口，生怕弄碎这奢侈的酒杯。他觉得终于又做回了自己，上岛以后一直寒冷的身体又变得暖和起来。

"这船上的物资应有尽有，最上面还有一个大油舱。"人们在欢乐的气氛中夸赞着张总的能力，有那么一瞬间让张总感觉好像又回到了"冲浪鸭"上，那时他刚刚宣布完公司的好消息。

"这里有渔网！"

突然，传来了小兴兴奋的叫声。火光将格纹阴影打在他狂喜的脸上。听着人们惊喜的笑声，看着张总胸有成竹的表情，马进坚定了信心，也明白了今天有这么多鱼的原因。物资、工具、信心，应有尽有，他相信只要做好准备，这次一定能离开，未来的好日子还在外面等着他。

18

第二天的日光更是加强了马进的信心,这是他第一次看清大船的全景。

这是一艘常见的远洋轮船。船头部分已经腐朽,铁皮锈迹斑斑,但基本保持完整,整艘大船的底舱被拦腰折断,露出的部分舱室分层分间,有的玻璃已经碎掉,有的露出扶手和栏杆,看起来就是一座斑驳古怪的公寓大楼。而距离大船不远的崖壁下就是汪洋大海,他们已经到了岛的另一端。

明媚的阳光洒在与周围原始环境格格不入的庞大钢铁巨兽上,人类的现代文明遗存给马进扎了一针强心剂,令他血脉偾张。

当有了希望以后,马进开始准备工作。说到底他内心深处还是一个笨拙的人,首先想到的还是小兴和姗姗。当这个希望还没有牢牢地攥在手里的时候,他虽然不敢去奢求更多,但也想把源自希望的喜悦传递出去,毕竟这份希望的力量已经让他充满了继续生活的激情。而且在发现大船之后,小兴对他的态度也有所缓和。

马进穿着在大船上发现的胶皮衣,和小兴一起拿着渔网在波

一 出 好 戏

光粼粼的水中驱赶着鱼群,虽然动作还不熟练,但生产工具的极大进步已经让他们收获颇丰。他看着满满的渔网,哼起快乐的曲调。身边的小兴也难掩兴奋,情不自禁地哼唱起来。

"你不是说打够鱼就回去吗?"小兴抻着渔网,装作毫不在意。

"放心,张总有办法。"马进看到小兴还有点不好意思的表情,他知道两人之间的尴尬已经少了很多,之前他们也闹过别扭,但每次都能化解,毕竟这是来自兄弟俩一起生活多年的默契,"不生哥的气了?"

"生什么气啊?我这些天想了想,六千万,搁谁也不能撂下。"

"你说得太对了!等回去了,彩票的钱咱俩三七开。"马进更加笃定身边的堂弟就是自己最后的肩膀,他看着小兴的眼睛说得很认真。自从发生过上回的事情,他发誓今后绝不再对小兴有任何隐瞒。

"太多了,我要六就行。"看到马进这么认真,小兴反倒轻松地开起了玩笑。

马进也轻松地笑了起来,他抬眼望着远处的夕阳下美丽的晚霞,第一次感受到这个小岛的美丽,而在岛屿外面的世界里有着他相信的无限美好。

在这份美好里当然还有姗姗。

马进一想到还留在山洞的姗姗,肯定吃不到完整的鱼,他就心里难过。他找了个没人的时候绕了个远路,将自己这些天偷偷藏起来的鱼塞进了姗姗捕鱼的篓子。他还是这样,要把自己觉得好的东西都给姗姗,当然这回也没花钱。

马进在小溪的另一边等着姗姗出现,过了一会儿,他看着姗姗从树林里走了出来。她浑身脏乱,像是刚刚摔倒过的样子,沮丧地收拾着工具和零星的收获,准备离开。

姗姗准备提起装鱼的篓子,感觉手上一沉,才发现被塞了满满一篓的鱼,眼中的失落换成了惊奇。她奇怪地看看周围,看到马进从远处晃晃悠悠地走过来。

马进把一束花背在身后,故作神秘地凑到姗姗旁边:"厉害啊!弄这么多鱼。"

"跟你有关系吗?"姗姗的心里还有些别扭。

马进看到姗姗拎起鱼准备离开,慌忙又说:"你今天不是过生日嘛,送你的。"

姗姗的手顿了一下,不知道是因为鱼的重量,还是因为马进的这句话。她停下了脚步,看着鱼篓似乎要从里面找什么东西,又使劲抖了一下,一只用树叶折成的千纸鹤从鱼篓里落了下来,顺着小溪流走。

马进想伸手去抓,姗姗看着千纸鹤却突然"噗嗤"一下笑出了声,笑声击碎了二人之间的尴尬,让这个瞬间异常美好。马进看着姗姗的脸庞,仿佛没有任何苦难能在她身上留下痕迹,他微微有点入神。

姗姗忍住笑问:"你哪来这么多鱼啊?"

"这算什么,我们发现一个好地方,那里要什么有什么!"

可马进说的话,在姗姗听来不过是又一次不切实际的炫耀,两个人的频道依然接不上。气氛很快再次结上了一层尴尬的冰。

姗姗想再度离开,马进不知道该如何挽留。

姗姗走了两步,又突然停下,回过头认真地看着马进:"有肥皂吗?"

马进开心地带着姗姗穿过森林朝大船走去,一路上斑驳的阳光明媚轻快。他又一次确定那儿就是自己走向幸福的开始,大船就是他离开的机会,而且他有一种奇怪的预感,自己只能用它离开。

这一路上发生的惊奇和开心,好像都转瞬即逝,当马进回过神来的时候,透过斑驳的镜子他看到姗姗顶着一头鲜活的泡沫,被水打湿的脸上绽出了久违的笑容,身上有一种生动真实的烟火气。但他身旁还倒挂着翻倒的马桶,满地狼藉的灯泡碎片,这一切又都显得那么荒诞而不真实。

姗姗弯腰低头准备冲掉头上的肥皂水，用有些狼狈的眼神示意马进帮忙。

马进在她身后拉住后脖领，动作利落地冲着水。他看到清水逐渐把泡沫一点点地冲散，姗姗白皙的脖颈在阳光、水、泡沫的反光、折射中被调抹成一幅抽象的画。姗姗拱起的背勾勒出好看的弧线，曼妙的身体充满了生命力。

马进觉得他们好像一对相处已久的恋人。

"彩票的事儿，对不起啊。"姗姗擦着头发说出了心里一直藏着的话，而马进早已不在意。

姗姗像是又想起了什么，掏出马进上次出海临走前送给她的口红，仔细地涂抹着嘴唇，又点了点腮红，然后起身站在尘灰扑簌的阳光中，看起来神采奕奕。

马进兴奋地带着姗姗又将大船里刚才没看过的神奇展示了一番，宛如这里的主人。餐厅、挂在头顶的吧台高脚凳、红酒、罐头、管道交错的隔间、油滴在地上凝聚的小滩、倾斜的地板、光洁的餐具以及能够看到断层外的观景平台。而远处就是蛮荒原始的森林。二人感受着残酷又奇怪的幸福感，直到面对一扇封闭的舱门。

"我好几次都没打开，里面肯定有好东西。"马进死乞白赖地推着门,可门纹丝不动。

珊珊走上前看了看边上贴着的倒置的外文符号,轻轻一拉门上另一侧的扶手,毫不费力地打开了。

马进有些不好意思地跟随珊珊进入一片漆黑的空间,不得不点燃火机。眼前星星似的一点光源闪烁着,让探索看起来有些神秘,像是在翻一只没有拆封过的宝箱。珊珊兴奋地拆开了几卷蓝白条纹的织物和气泡纸。

"我什么时候骗过你。"马进的语气很得意,但他被发热的火机烫着了手指,慌忙熄灭了火机。黑暗的舱内,两人离得很近,虽然看不到对方却能感受到彼此的气息,如同刚上岛时在狭窄的山洞里。

"你等一下。"马进把火机交给珊珊,随后用织物将自己的半边身体裹得像个印度男人,又侧过半边身体把一只手伸进珊珊刚才脱下的毛衣袖,"开灯。"

珊珊点亮火机,才看见马进怪异的样子。

马进在微弱的光里跳起了舞,分别用自己的半边身体和脸庞表演一对男女,他跳得很投入,也很滑稽。

珊珊开心地笑出了声,火光也随着身体摇动。

"我一直没问你,你后来跟那男的为什么分开了?"马进没头没脑地问了一句。其实人在无心的时候才能问出最有意的问题,他说出口才发现自己的唐突，每次面对姗姗，他都会变得迟钝，像变了个人。

"没什么，就是他不值得信任。"姗姗轻松地回答，也许是不想让难得的愉快溜走，也许是并不在乎，她把火机还给马进，反问了一句，"那你呢，还想着彩票呢？"

"你别笑话我，就算是假的我都得当成真的。它对我来说是个希望。就跟这团火一样，我不能让它灭了。"马进看着姗姗的眼神变得认真起来，"我一定会带你离开这儿。"

姗姗听到这话，似有似无地抿嘴笑了一下。她听过男人很多承诺，不论内容是关于什么，说的时候都没半点迟疑，可是改变的时候也一样。她相信过有些东西是真的，只是明白了真的东西也是有保质期的。相信是件很难的事，特别是当你真的相信过的也碎了以后，就失去了再拾起来的力气。

姗姗看着马进手里的火机，轻轻吹了口气，把火给熄灭了。

马进不知道姗姗是怎么想的，他以为是在开玩笑，开心地再次点亮了火机，却猛然看到张总不知何时站在了门口，吓了一跳，把火机给灭了。

张总点亮了手里的火机，伴随着夸张的大笑走了进来。他看着马进一身怪异的装束，很轻松地拍了拍马进的肩膀，让马进刚攒的一身自信又消失了。他才是这儿真正的主人。

"原来是姗姗来了啊。"张总又一次露出了他标志性的自信,马进对姗姗的情感他根本就没放在眼里,"聪明女人,想通了过来就好。"

"我没那么聪明。"姗姗冷冷地说完后离开了船舱,一秒钟也不愿多留。

马进瞥了张总一眼。他当然知道张总的炫耀,可这一次他觉得自己赢了。

"你还是不懂女人。她早晚会回来的,你信吗?"张总仿佛看穿了马进的心思,语重心长地教着这个刚开窍的孩子。"张总!张总!小王带人来了!"他的话却被外面焦急的喊声打断。张总自如的脸色变得慌张,他转身就往外走,把马进留在了黑暗里。

马进本来没动,但猛然想到刚刚出去的姗姗,顿了下也赶紧往门口的光亮走去。他当然不会想到,这一下就走出了他的希望。

19

关于希望这回事儿，每个人的目标都不一样，当然希望也就完全不一样。

张总的希望和马进的截然不同，他的希望不是外面的世界，而是这艘大船。他触摸外面世界的唯一媒介是剩下的一张女儿照片，那是女儿入小学时照的。那天他没能到现场，在又一次深夜酩酊的时候，看见女儿把这张照片留在了客厅的桌子上。那张桌子很大，照片很小，一瞬间他感触良多。这几年自己有太多遗憾，因为忙于工作错过了孩子不能重来的成长，可现在已经没有办法弥补，只能在没人打扰的时候对着照片流泪，获得一点慰藉。

没有人的内心会没有柔软，只是看他愿不愿把这部分柔软露出来。当张总走向船外，他的心早已变得坚硬，事情虽然如他预料的那样走上了正轨，但还需要完成一件他很擅长的事情，才能彻底击垮小王，达成他的希望。

小王则又是完全不同的，他的希望在山洞那个熊皮铺就的"王位"上和每天早上一遍遍的劳动口号里。他最在意的与外界的连结点"冲浪鸭"早已被人们为了生存而拆得只剩一副空壳，他现在要做的是恢复之前的纪律，或者说秩序，才能对得起近两个月来的付出。

这艘大船给小王这帮人带来了惊喜，但很快惊喜就被贪婪取代。小王带着赵天龙和老潘等人围在船体下面，身后衣衫褴褛的人们手持棍棒或石块，气势汹汹，不停地敲打着船体，如同一群围着食物的秃鹫。

船体不断被猛力敲击，铁皮发出的沉闷响声如同敲响警钟。大船里几双惊慌的眼睛出现在船体外围窗口和断裂的缝隙中，老余他们谨慎地向外看，在慌乱中躲避着从下面扔上来的石块，气势明显弱了一截。

"我们丢人了！把姗姗放出来！"老潘用眼神丈量了一下小王和赵天龙的位置，冲到了最前面，但又确保着自己第一时间能退到他们身后，高声朝着大船喊叫。

老潘嚣张的话音未落，只见姗姗若无其事地从船上走了下来，路过人群时只是睃了一眼，径自离开。

刚才还鼎沸的声音像是突然被揭开了盖儿，声响和泡沫一下都塌了下去。大家齐刷刷地看向小王，似乎在等着下一步的命令。

"现在怂了，把人放了？晚了！进！"小王往前迈了一大步。

人群发出"嗡"的一声，围了上去。

突然，一根铁棍擦着小王的鼻尖从天而降。

"当"的一声，铁棍猛然插进小王脚前十公分外的泥土里。手腕粗细的铁棍落地之后还在颤颤巍巍地抖动着，隐隐作响。

人群又一次"嗡"的一声，散开。

杨洪站在大船的二楼,俯视着试图进犯的小王一伙,直接跳下,落在了小王的面前。小王寸步不让,两人怒目而视,几乎贴到了彼此的鼻尖。双方剑拔弩张,就像两头随时准备撕咬的野兽。

"杨洪,都是一家人。这样招呼,不合适吧。"

张总自信淡然的声音先传了出来,然后只见他叼着雪茄,一脸祥和地从船舱的阴影里慢慢地走了出来。他示意杨洪退到旁边,一场恶战销声匿迹。

"就是一副勉强遮风挡雨的破铁皮。请进。"张总说完带着杨洪轻描淡写地回去了。

小王不由得心里有些发怵,他摸不清张总是做了什么打算,直觉告诉他里面有自己不知道的东西,可身后的人群已经开始往前簇拥,他也被往前推了两步。事到如今,他已经是多米诺骨牌的最后一张,只得带头走进了大船的走廊。

当双目适应了舱内阴暗的环境之后,周围的环境却再次令人眩目。人们反复揉搓着眼睛,像是还没从光线明暗的强烈反差中适应。

遍地的渔获、红酒、晒制成干的果子,各种铁制的工具和物品发出金子般的光泽。小王等人瞠目结舌,在这个上下颠倒,充满现代文明痕迹的船舱里,他们分不清是来到了未来,还是回到了过去,只能直勾勾地吞咽着口水。他们毛手毛脚地触摸着餐具和罐头,甚至有人试图偷偷地拆卸船体上的零件。

"之前不是说让扔了嘛，鱼都不新鲜了。"张总指了指旁边的一堆鱼，示意蹲在一边的小兴。

小王带来的人发出痛惜的声音，拦下准备抱起鱼桶的小兴，恨不得直接把生鱼塞进嘴里。

可小王已经乱了，他嘴边的话好像都被塞了回去。他害怕变回那个被人不断打压的小王，但他压制不住人群的动物本能，因为这是他最了解的东西。

此时从船舱里走出来的马进拦在了小王这群人身前，他气势汹汹地说："现在看着好，早干吗去了？"

张总拦下了冒失的马进，刚闻到饵的鱼可不能给惊跑了。

杨洪在老余的眼神示意下，把马进往身后拉了几步。

张总的余光扫到了这一切，几个人仿佛又回到了公司里的默契。他看着大家蠢蠢欲动的样子，似乎不经意地从旁边拿起一叠扑克牌。

"往后啊，你们有需要就可以拿着富余的果子、野菜随时来换你们想要的东西。"张总边说边在众人面前，缓缓地把扑克牌展开成扇面，"岛上只有这两副牌，咱们就拿它记个数。比如说这张3，就相当于三个数。鱼啊、果子啊都能换成这牌。反之，牌也能换一切。"

张总察觉到了小王的不自信，而他又回到了那种能够操控一切的感觉中，他预测得到人们下一步会问的问题。

"这一个3，能换几条鱼啊？"

张总听到了有人按捺不住提出了正确问题。他看着这帮人的脸，邋邋遢遢的，脏乱得可怕，但都开始变成了他熟悉的员工们，他像是坐回到会议室里，而他们正期待着自己给予的利益，或者说希望。

"鱼的价值不变，价格围绕价值上下波动，价格不是我定的，是市场决定的。"张总自信地回答。

"就目前来说，值个三四十条吧。"老余及时地补充。

即时到手的实惠再加上未来可期的利益，没有什么比这些更能让盲目的人们疯狂了。在惊奇羡慕的纷纷议论中，人们似乎对未来的日子充满了期待。小王感到了危险的信号，可他还没意识到原来要来恢复秩序的自己，马上就要被新的秩序取代了。这就是张总和小王本质上的不同，张总总能看到更远的事情，而且不会停下给对方喘息的机会。这是他多年来的经验。

"小王，你随便抽一张。"张总把手里的牌伸到了小王的面前，他要击溃的目标是小王。

小王一把推开，烦躁不安地说："还能再变出个鸽子来啊？"

对张总来说，这次的对手太简单了。因为目前的规则小王并不明白，可明白的人早就明白了。所以张总接下来的话不是对小王说的："多劳多得，先到也先得。比如马进和小兴，来得早付出多，贡献大获利就多。"

一　出　好　戏

张总直接拿出两张 10 递给站在一边的马进和小兴,看似奖励却形同施舍。

马进没有任何表情地接过两张扑克牌,他需要的不是这种假的钱,他需要的是真的钱,而那六千万还在外面等着他。马进刚想张嘴说话,可张总根本没给机会,就回过头看了看其他人,补上了最后的一句。

"别等到最后才想明白,那可啥都没有了。"

好东西如果没有激发"抢"的必要,那就失去了它能被称为"好"的理由,哪怕人们不清楚自己抢的这个行为是不是必要的,也会相信越是抢不到的就"越好",只有"越好"才能越贵。这两张 10 就是能彻底引发人们疯狂的好东西。老潘和史教授是最早意识到的人,毕竟讲规则他们是最明白的,哪怕明白的不是一个方向,但生存经验和历史经验往往殊途同归。

其他人兴奋的声音逐渐填满了船舱,这一下到手的可就是上百条鱼,单单是这个画面就已经塞满了他们的想象。人们关于食物的讨论开始让小王害怕,他爆发出几声怒吼,喝止了讨论。

小王知道他要尽快回到自己的山洞,只有山洞里封闭坚硬的岩石才能让他感到安全。他用力地挥舞着藤条,驱赶着大家离开。可这一次,他刻意提高音量的怒斥声,在船舱里被愈加放大,更显示出他心里的不安。

见状,赵天龙也开始驱赶人们离开。人群发出胆怯和不满的嘀咕，但紧接着就看到了小王用力地狠抽了一下没有走动的老潘。

还沉浸在思考里的老潘瞬间惊醒，他条件反射般地配合小王呵斥着人群离开。

看着人们被恐惧驱使，稀稀拉拉地走出大船，史教授故意在队尾慢走两步，回头对着张总一笑，小声说了句："燕雀安知鸿鹄之志哉。"然后赶忙跟上。

船舱很快变得空旷起来，刚才的危机像是没有发生。但张总知道这帮人一个个地回来是早晚的事儿，自己的希望已经达成，只是需要等待时间收割。但他还没得意多久，就被马进一把拽住了胳膊。

"这是要干吗啊？咱们不是要走吗？"马进的语气十分焦急，在刚才短短的十分钟里，发生了他根本没有预想过的事情。如果张总的话都是真的，那明显就是要长期留在这里生活，可他眼睁睁地看着时间又过去了快一个月，彩票兑奖的日子再也等不了了。

张总乜了一眼喋喋不休的马进，不顾马进的拉扯往船外走去。

意识到事情突然发生变化，小兴也慌忙跟了上去。老余和杨洪则从容地跟在后面。

当几个人接连来到大船外面的时候，马进的心里彻底慌了，他硬拽着张总的胳膊，嘴里不停地反复念叨着："咱到底什么时候走啊？"

张总的耐心终于被耗光，他停下脚步像是看着一个外星人。其实他今天不想解决这么细节的事情，马进的聒噪与重新拉回所有人的信心相比根本不值一提。他太清楚什么时候需要用人，用什么样的人，以及要在什么时候甩掉这些人。马进已经失去了利用价值，很快，他这里最不缺的就是劳动力，因为会被新的接二连三的人填满。

"来吧，把船翻过来，开船回家。"张总说完直接卷起袖子，呲牙咧嘴地用力推着锈蚀的船壳。他投入地屈身扎下马步，但最后似乎对大船的纹丝不动也无可奈何。

"这怎么可能？"马进不敢相信地看着。

"知道不可能就踏踏实实地干活去！"

张总停下可笑的动作，掸了掸手上的灰尘，似乎很轻松地甩掉了多余的麻烦。

听着老余和杨洪奚落的笑声，马进意识到自己一直相信的张总、大船、离开，都是一个个气泡般的笑话，而他失去的才是最宝贵的，随着时间失去的那六千万和新生活的全部希望。他越想越憋屈，颤抖地吼了一声，冲上前一把揪住了张总的衣领。

杨洪一个箭步抢上来，上前反手就扣住了马进的手腕。

关节的疼痛让马进很快松开了手，往后狠狠地退了几步，瞪着张总等人无耻的嘴脸却不敢再上前。他喘着粗气，看了看身边扶住了他的小兴，明白这个岛上自己只剩下这一个兄弟，想离开只有靠他们自己。

老余看着马进无力的愤怒，哂笑地说："这就是你不对了。就你脚上这只鞋，知道值几张牌吗？"

马进看了看自己脚上那只令他感到舒心的鞋，感到一阵恶心。因为这一切的美好不过是一个谎言，自己来到这个蛮荒的世界却活得和过去一样失败，再次被压得无法翻身。他把口袋里的两张10摔在地上，他发誓再也不需要别人的施舍，一定要靠自己离开这个充满欺骗的地方，回到外面那个充满了希望的世界。

马进带着小兴离开大船，往远处的树林走去。可他们俩根本不知道还能往哪儿走，就像被固定在座钟上的报时玩偶，偶尔发出几声不安分的喊叫，再被一次次拉回封闭的空间里去。

20

来到岛上的这两个月，小兴感觉自己真正重新活了一次。其实他追着马进一起离开大船的时候，心里的希望已经被摧毁了。小兴是相信能回去兑彩票的，但他跟马进的相信又不那么一样，他的希望里包含的东西更加虚幻，更像是一个美好的、虚假的畅想。他又懂得这种希望的脆弱，深知正是那一根头发丝般的希望拉拽着马进沉重的身体，如果没有它的话，马进可能就再也站不起来了。所以他哪怕是假装，也要表现出希望还坚定存在的样子。

　　"你看我还整理出个单间来，比以前舒服多了。"

　　小兴发挥自己曾经的专长，对残破的救生艇进行了简单的修补，往几个巨大的破洞里塞满树枝和石块，把只剩半扇的门边缝隙也塞满杂草，将一个歪扭的残破铁皮壳，修葺成了勉强够挤进去两个人的"小屋"。他还把一堆乱七八糟的树枝和破布条都堆在地上，坐在石头上费力地削着树棍，徒劳地扎着随时会散架的木筏。哪怕周围只存在烂果和野菜叶，对生活的希望也还是要有的。

　　但烈日当空，两人翻山越岭寻找食物，或者是尝试在救生艇附近的河水中费力地捞鱼，均罕有所获。失去了捕鱼工具的两人，只能靠野菜和野果充饥，加上还要有意避开其他人，这让他们的生存变得更加困难。而且即便救生艇隔着大船上千米，杨洪等人仍隔三岔五地越过地上的垃圾和杂物，来到小小的救生艇前俯视二人的窘迫，用辱骂或者拳脚提醒他们救生艇本身就是大船的一部分，即便是可怜地活着也是缘于张总的施舍。这些一次次地刺痛小兴的自尊心，但那块敏感的地方不像个被扎破的气球，而是在原本平平的地方鼓起了大包，他的自尊心越来越强烈地生长了出来。可饥饿是抵挡不住的，肚子里咕咕的声音在空旷的环境里被放得老大。

　　日复一日，小兴和马进只能拿起水壶往肚里猛灌水，拖着饥饿的皮囊躺在救生艇里。残破的铁皮根本没法抵御所有的阳光，连日来的暴晒使他们的皮肤红得就像刚洗过的番茄。看着逼仄的钢铁"房顶"，小兴仿佛又回到了修车厂的车底下，这让他感到绝望，只能憔悴地瘫在地上，发白干裂的嘴唇微微动着，发出微弱沙哑的没有意义的嘟囔。

　　马进躺在救生艇里，抬头出神地盯着夹在顶板上的彩票，旁边挂着的那本《成功学》已经被撕掉了一半，上面的页码变成了倒计时的日历。他随手撕下了一张"20"，这意味着距离彩票过期只剩19天。

　　小兴捡起刚才撕下的那一页，凝望着上面的字，他把之前撕下的书页都攒在了一起——"如何在逆境中用意志支撑自己""生活的一切取决于自己""人生没有绝境""把痛苦转化为力量""挫折是成功的前奏曲"……曾经没有翻过的书，在这里却代表着希望的流逝，每一句励志的话也跟磨难的日子一起记在了小兴的心里。

小兴使劲拍了拍自己的脸，看了看还在端详着皱巴巴的彩票的马进，硬撑了几下独自起身离开。

当天夜里，小兴风风火火地闯回救生艇，眼睛里闪烁着凶狠的光。他没跟马进说一句话，放下几个搓烂的果子，就猛地发狠劲儿地从角落里拽出一根尖利的铁棍，往外冲去。

马进一把从身后抱住小兴，才发现小兴的脸上有几处新伤，嘴角挂着的血丝还在顺着脸颊往下流，脖子上的几道翻着皮肉的血痕触目惊心。可马进不能让小兴再去做傻事，他为自己的无能感到痛苦，但能做的也只有用尽全力地抱住冲动的小兴，感受着小兴颤抖的身体在自己的臂弯里一点点恢复平静，又渐渐变成了耸动。

"我拿命跟他们拼了！"小兴发狠地又挣了几下，慢慢放弃，呜咽地哭了几声，可他眼里的凶光并没有消失，"你说得对。这个世界就是这样！你不弄死他，他就会弄死你。"

冰冷的夜里，一声恐怖的响声再次从远方的山里响起，似乎是某种野兽的啸叫，声音怪异但又显得很模糊。

小兴警惕地看着外面，不知道森林里还藏着什么鬼魅。

"这个世界本来就是这样。"

马进的这句话也深深地镌刻在了他的身体里。

又过了十几天,彩票过期的日子在不断逼近,小兴和马进已经没有富余的时间。前几天,马进饿晕了几次,小兴很清楚再这样下去那根头发丝就真的断了,只能搀扶着极不情愿的马进走向大船。无论能不能回去也得先保住命再说。他低三下四地应对着周围人的嘲笑,恨不得找个缝隙钻进去。

"我们想借网。"小兴用极小的声音说。

臊眉耷眼的小兴没敢抬头,只听到张总笑出了声,然后看到一张伸到面前的渔网。

事情出乎意料地顺利,两个人根本没有心思和体力多想,拖着渔网来到海边,用尽最后的力气捞上几条鱼。

小兴忍不住饥饿抓起一条活鱼,在石头上摔打两下,就直接下嘴撕咬着鱼皮,往嘴里疯狂地塞着,他的嘴巴和身体仿佛已经分离,除了满口的黏腻和腥臭以外,居然感觉不到任何食物的味道。他和马进就这样疯狂而贪婪地吃着,听到远处传来一阵哀号和暴躁的叫骂声。

小兴和马进放下嘴边的鱼,两人循声翻过一个高处的岩石,看见礁石滩上赤裸的老潘,双手双脚被绳子绑在一块石头上。老潘的脸上挂满了眼泪和鼻涕,一层层扑上来的海浪快没过他的头顶,把他呛到几乎断气,还在开阖的嘴里不断吐出白沫和呼救声,不断挣扎的身体被锋利的礁石拉开了无数道口子,流出的血顺着海水把岸边的石头染得鲜红。

小兴还是心有不忍,他跳入海里把濒死的老潘解救了下来。

再后来几天里发生的事情,小兴只能理解为奇迹。

小兴看着上百条鱼像小山一样地堆在救生艇附近,他边看边往嘴里不停地送着烤熟的鱼肉。因为吃得太猛,小兴被噎住了,一口鱼肉被吐了出来,他慌忙用手接住稀烂的肉糜,又往下狠命咽了咽口水,卯足劲把肉团成一团,疯狂地塞回了嘴里。看到这几百条鱼对他来说是不够的,只有吃进去他才能确认这都是真的,才能确认自己还活着。

"小兴,你觉得这鱼多么?"

小兴舔着手指上的肉末,抬头看着站在逆光中的马进,像是有一层明亮的光辉散发出来。

21

如果你不能明白发生了什么，就需要多换几个角度去理解。

自从上次张总宣布完自己的规则以后，来到大船边干活的人逐渐多了起来，人们脸上的气色也变得红润。海边有几个人垒砌着圆形的石头池晒盐，林子边有人搭建晾晒渔网的架子。甚至多处还堆着晒好的鱼干，以及用来酿酒的木桶。大船的周围也有了更多的生活痕迹，到处一片欣欣向荣的景象。

老余仔细地查看着新打捞上来的鱼的数量和成色。孟辉则在一旁帮大家换算合适的牌面。不远处的空地上，人们做了些简易的娱乐和运动设施，就像是监狱放风的操场。史教授在船边的黑板上书写着新的内容，和身边的女实习生讲解着今日的鱼和扑克牌的兑价。而船舱的楼梯间里，Lucy 则挑选着渔获和杂物，笑语盈盈地和其他男人开着玩笑。

张总终于回到了他熟稔的规则里，对他来说运行的规则远比发生的事情更重要，至于今天又从小王那边来了几个人，两边在河边又因为食物发生了几回冲突，这些都不重要，先进的规则会产生源源不断的吸引力，剩下的只不过是时间问题。在这个荒岛上，现在最富裕的就是时间。

张总闭眼陶醉地听着公司年轻的女孩们唱着悠扬的老歌，手里点燃的雪茄烟雾缭绕，和歌声一样萦绕在船长室里。他其实早就看到了凑在门框外的老潘。

老潘在门口向所有遇到的人作揖道辛苦，即便根本没有人回应，他也丝毫不觉得尴尬，看着张总露出明明暗暗的眼神变化，他哈着腰走了进来。

"张总，我弃暗投明，响应您的号召过来了！"老潘的声音，依然洋溢着热情。

张总仿佛没听见一样，陶醉在歌声里，过了一会儿，又像是没听清一样，重复了一遍老潘的话："过来了？"

"我明白了！张总，您看我的！"老潘看着张总莫测的表情，却瞬间领悟了精神，痛下了决心，纳了军令状，踌躇满志地离开了。

老潘的到来丝毫不让张总意外，让他感到意外的是，老潘刚刚出门，马进和小兴就直勾勾地盯着满地的食物挪动着脚步进了大船。这让张总今天的心情非常好，所以很爽快地就把渔网借给了他们。因为现在的规则里，渔网是可以借的生产工具，这一点不能破坏，毕竟有效的规则才能够吸引人，但只有制定规则的人才能享受到规则真正的乐趣，那就是如何解释规则。

当浑身是伤，几乎是赤身裸体的老潘回来的时候，张总默默地听着他描述自己英勇的表功,同时,也享受着这种乐趣。

"当当当,就洞里那大铁锅,我过去就给他砸了!小王他一个驯猴的,居然要取代您?我忍不了!"

"解气了?"张总看着老潘捣蒜般地点头,"那早点回去休息吧。"

老潘被吓傻了,语气发抖地求饶:"张总,我都这样了,您不能轰我走啊!"

"可我这儿暂时不缺人了。"

老潘抱住张总的裤脚,跪下来开始抽自己耳光,一下比一下响。旁边在整理渔获的几个人看着,指指点点中夹杂着讥笑,可老潘并不在乎,他越打越投入,有着对自己发泄不完的仇恨,两边的脸也肿了起来。

张总仿佛没看见,他正远远地看着打渔回来的马进和小兴,似乎在和杨洪、老余发生冲突,被按在地上打得很惨。张总心里有时候也会觉得纳闷,为什么他们会把价格的规则想得这么简单,市场上的规律运用在人身上是一样的。在他看来,任何东西其实都是有价值的,人们认为无价的东西往往也是因为价格还不够高罢了,至于那价格是牌,还是鱼,或者是用别的什么东西表示,只是交换时实现价值的手段不同。他可以接受老潘,但老潘必须体现自己的价值。

跪在地上继续卖力抽打自己的老潘注意到了张总的眼神，他从地上站起来奔向战局，一脚踹翻了刚刚救起自己的小兴，一边打还一边偷瞄着张总的反应。

这些张总都远远地看在眼里，渐入佳境的老潘，死鱼一样的马进和小兴，周围来回走动指指点点但无人上前的人群，看着看着张总便失去了兴趣。直到他看见姗姗笑语嫣然地从另一个方向走了过来，张总才满意地笑了，这些话他早就说过，人迟早都会过来的，只要规则在自己的手里。

经过这次冲突之后，日子又平稳地过了一个月。一切都变得更加丰富，岛上的世界也进入了"新纪元"，大多数人都被绑上流水线，互相兑换着手里的扑克，也是在兑换自己的价值。扑克逐渐被集中到了张总等人的手里，好像一切都是那么正常，不会再有波澜。

直到张总看着他面前摆着的一堆鱼，他怀疑地盯着马进和小兴。

"全换？"

张总知道马进不在这条流水线上，他们这次拿着几十条鱼，要用来换船上的废弃用品。

马进笃定地说："全换。"

"鱼哪来的？"

"天上掉下来的。"马进指了指天上。

张总正在狐疑地思索着，此时满脸慌张的杨洪一头撞了进来。

"鲸鱼！有鲸鱼！"

张总跟着杨洪向外走去，临走的时候摆摆手同意了马进的交换请求。等价交换是他认可的规则，他也知道马进的彩票已经过期了，估计也折腾不出什么新的花样，没有价值的人跟没有价值的东西在一起，这也是一种等价。张总十分确信马进不过就是自己流水线上一颗废弃的螺丝钉。

小王不能明白自己的规则如何就被取代了。

随着劳动力的流失和岛上食物的明显减少，小王山洞里人们的劳动能力也降到了最低。成捆的工具堆放在地上，和木头、枯树枝一起胡乱码在一起，水桶里漂着菜叶的浑水，一看就是放置了几天的样子，整个山洞散发出被遗弃许久的房屋的味道。每个人都显得脏乱不堪，东缠西绕的长头发里裹着枯枝残叶，流汗的脸上，在飘散着尘土的山洞里，生出一层黑黑的泥垢。每个人身上的衣衫，都因为长时间的汗水浸渍而变得僵硬。衣服此时早就不是装饰，更谈不上舒适，而是出于服从某种良久的文明习俗。

小王带领饥饿的人群一遍遍地在树林里和海滩边搜索，因为生产工具的落后，他曾经无比精准的经验正在逐渐地失效。

直到某天发现了一头巨大的鲸鱼尸体，一群饿坏了的人向这个难得一见的宝贝狂奔而去。死去的鲸鱼搁浅在岸边，巨大的黑影将人们的视线完全遮挡住，人站在鲸鱼旁边显得极为渺小。鲸鱼无力的尾鳍像是一块弯曲变形的树桩，庞大的头部如诡异的气球，肿胀的样子比平时大了好几倍，表皮像是气球充气一样变得透明，好像马上就要撑破了。鲸鱼无神的眼睛和张开的嘴巴组成了深不见底的黑洞，表皮受伤的部分已经开始腐烂，散发出阵阵恶臭。

小王等人正在拿这个庞然大物束手无策的时候，看到了顺着海岸线走过来的张总一伙。

"站住！鲸鱼是我们的！"小王和赵天龙等几个人试图护住身后的鲸鱼，却被巨大的鲸鱼衬托得可笑。

张总身后的杨洪、老潘和史教授组成了新一届的胳膊和脑子，他们饶有兴致地注视着这个庞然大物。

"小心！鲸鱼一腐烂，肚子里可都是甲烷。"史教授拦下了张总等人继续往前的脚步，并示意小王等人也迅速离开。

可小王听到的只有"叛徒"两个字。他看着老潘那张下贱的嘴脸，联想起他砸烂大锅的可恶行径，想不明白被绑在石头上等死的老潘是怎么逃走的。这帮喂不熟的混蛋，还不如我喂养过的动物！小王越想越气。

"砰"！

突然一声炸雷似的巨响，鲸鱼在小王身后炸开！

鲸鱼的尸体发生了可怕的爆炸，混杂着恶臭的气体喷发而出，肚里的肠子、内脏夹杂着海洋垃圾喷出几米高，如同要从身体里钻出来的寄生的恶魔。随之而来的是一场血雨。血水溅在小王等人的脸上、身上，淋得眼前一片鲜红。周围的地面沾满了血腥和肮脏，只有海水执着地一浪一浪地洗刷着地面。瘪掉的鲸鱼如同走了气的气球，终于露出了身后的海面。此时人们发现，就在天边目力所及的地带，出现了一排影影绰绰的黑点。定睛看去，才发现是如棋子一样撒开的几百个塑胶桶随浪漂来，一起涌上来的还有不少翻着肚子的死鱼。

大家都被突如其来的情景吓到了，赵天龙第一个反应过来，他的双脚还染着鲜血，大喊大叫地跑入海中，捞上来一个在礁石边漂荡的桶。他以为是某种食物，用力撬开桶盖，结果瞬间被一股刺鼻的气味呛出了眼泪，随即眩晕倒地。

剩下的人们慌乱地离开海滩，惊魂不定地躲避着翻涌上来的海浪，吓得把刚捡起的鱼也扔了回去。

小王呆呆地站着不动，眼帘上的血水还在往下流。人们害怕的哭喊声和张总等人幸灾乐祸的嘲笑声在他耳边交织。鲸鱼干瘪的尸体孤零零地躺在海边，黑洞般的大嘴周边全是触目惊心的血迹，荒唐里夹杂着可怖，这个画面烙印在小王的脑海里，如同置身人间炼狱。

直到他看见马进搬来满满的一筐鱼说要交换的时候，这个曾经的捣乱分子在他眼中变得异常高大。

面露菜色的人们拿出地上堆放着的废铁和生活工具，连同早就同垃圾堆放在一起的手机等，犹豫地询问着交换到一口食物的可能。

"只要你们觉得用不上的东西，都可以换。"马进拿着两条鱼走向了小王，紧紧拥抱住他，"你为大家做得太多了，谢谢。"

小王被马进真挚的话语触动，虽然他还有些怀疑，但当他看到跟随他的所剩无几的人争先恐后地把不用的废品放进筐里，兴奋地分拿着一条条鱼的时候，他感动得几乎流泪，他相信马进就是来拯救他们的人。

他甚至和大家一样开始每天期盼着马进或者小兴的到来。

可当日子接着挪动沉重的脚步，小兴和马进带着他们手里最后的几只鱼干来到山洞救急的时候，小王也明白这不是解决问题的办法。大船那边已经不再需要新的劳动力，剩下不到十个营养不良的人还留在洞里。

"为什么不找张总借呢？不行就求求人家呗。"小兴的口气里充满了怜悯。

小王看了看剩下的人们，饥肠辘辘的眼神里流露出对食物的渴望，骨瘦如柴的身体机械地啃食着鱼干。他明白自己的努力已无法继续维持身边人的生存，甚至连刚上岛的时候还不如。想到这里他无比自责，同时又痛恨张总的无情。他直起身来，最后一次召唤大家站好队列，就像最后的出征。

"我这个王也不能白当，走！都跟着我找老张去！"

小王带着人们走出山洞，却没发现身后的小兴单单拦下了姗姗，露出了不易察觉的笑容。

22

每个人只愿意相信，也只能理解他看到的那一部分。要想完整地理解发生了什么，还需要最后一块拼图。

一只彩色的昆虫在树枝上缓慢地爬行，没注意到巧妙伪装在树叶下的蜥蜴一直紧盯着它。蜥蜴看准时机，一个快速冲刺，昆虫被吞食。蜥蜴扭着头，昆虫的腿在嘴巴最外面，正准备往下咽，身后有一道黑影闪过。蜥蜴消失了，只留下半只昆虫在地上。

马进目睹了刚才发生的一切，继而转头看着挂在救生艇上《成功学》上的倒计时，只剩下不到十页。他每撕掉一页就像是揭掉一层自己的皮肤，当快被剥光的时候，只剩下疼痛而敏感的肢体。他被小兴拽去借渔网的时候，感觉自己的肉体已经被嘲讽的目光灼透了。他终于在海边匆匆地用一条生鱼填饱了肚子，捡回来半条命。他看了一下鱼的数量，除了借渔网应该支付的几条鱼，省着点吃的话，剩下的鱼也够他们在救生艇挨下最后几天了，在那之前他必须找到办法离开这座小岛，那六千万已经没时间再等他了。可马进却没想到在归还渔网的时候，被老余和杨洪拦了下来。

"这网怎么破了个洞啊？"老余仔细地检查着渔网，心疼地看着，"把鱼全留下，走吧。"

马进愣了一下，难以置信地看着他们，不放下手里剩下的鱼。

"这网能用多少次是有数的，每一次使用都是在消耗。我计算过了，一次不打上来三十条，都不应该下网。"老余又好心地讲解了一遍。

马进看到杨洪跃跃欲试的样子。他把鱼牢牢地捏在手里，一把拽住小兴想要强行把鱼带走，可小兴直接被杨洪从后面拽住了脖领子。小兴直愣愣地往后被平拍在地上，捂着脑袋疼得在地上打滚。

马进放下手里的鱼冲上去搀扶小兴，可数日的饥饿让他手脚无力，跟跄了几下，又被杨洪一脚踹在了肚子上。他双腿发软，挣扎着没有跪下。可又被人从后一脚蹬在了腿窝，他实在支撑不住跪在了地上。

马进扭过头来才看见踹他的人是老潘。他没想到刚刚从海边的石头上被他们解救下来，对他们感恩戴德如再生父母的老潘，此时正朝着自己的脸挥舞着拳头。

"网都借你了，你还敢动手？忘恩负义！"老潘边打边骂。

小兴看到老潘也变得愤怒至极，从地上跳起揪着杨洪的头发骑上他的脖子左右开弓，却被杨洪一个反摔再一次狠狠地抛在地上。紧接着又被杨洪从地上抓了起来扇巴掌，这样狠狠来回十几下，扇得满脸是血，一步一步从海滩打到树林的边缘。

马进从地上挣扎着站起来，冲过去想保护小兴，却被杨洪一拳就给砸得眼冒金星，他再次试图扑上来，又被一脚结结实实地横踹在脸上。马进眼前一阵晕眩，脸上又被人猛踩了几脚，口水混杂着血水横飞。他像烂泥一样快要昏死过去时，看见姗姗从另一个方向向大船走来。

姗姗走到张总身边，似乎在和张总亲昵地商量着什么。张总一脸媚笑，姗姗也像是回应了一下，二人一起走进了大船。

马进努力地挤了挤眼睛，挣扎着想要站起来，嘴里发出无力的嘶吼。他不想让姗姗看到自己，但又没地方躲藏。他吞咽着嘴里的血水，在地上不断地发抖、抽搐。

他彻底被剥光了。

马进和小兴互相搀扶着走回救生艇的时候，已经是晚上了。他看着地上两条裹着泥土的鱼，这是小兴离开海滩的时候，从没人要的泥地里捡回来的。他觉得屈辱极了，眼睛直勾勾地看着即将到期的彩票。那一刻他明白希望是最残忍的东西，让人永远都觉得能得到，可又永远得不到，一切就在这个过程中消耗殆尽。

救生艇外突然响起了脚步声。

马进和小兴紧张的神经再次被拉满，他们从手边抄起石块试图防备，却看到姗姗正独自一人点着火把走了过来，手里还拎着一兜鱼。

"就你们俩这小体格，还跟人拼呢。"姗姗走到救生艇门口，关心地想要查看两个人的伤势。

马进拦下姗姗伸过来的手,没好气地说:"憋这么长时间,打两下挺爽的。"

姗姗欲言又止,把包里面的鱼放在了救生艇旁,试图找寻安慰的话语。

马进看着一条条死鱼的眼睛死死地盯着自己,想起了白天那耻辱的一幕,他抬头忿忿地盯着姗姗:"拿走,你这鱼太腥,我吃不下去。"

"你什么意思?这是拿你给我的方便面去换的。"姗姗感到很奇怪,她理解马进此时的心情,可没想到自己的好意会被如此随意地践踏。

"对啊,多方便,女的就是方便。"

这句侮辱的话彻底惹怒了姗姗。

"马进,我干什么是我自己的事。你看看你现在是个什么德性!我告诉你,你就是个 loser!你之前是,现在是,你将来还是!小王也好,张总也好,至少都知道自己该干什么。你呢?我觉得他们打你打得太轻了,没让你好好看清楚你自己!"

姗姗劈头盖脸地骂完,也没能平复心情。她把一包鱼用力地掼在地上,拿着火把转头走了。

姗姗的这几句话彻底刺激到了马进,他就像被人兜头浇下一盆水泥,整个人都凝固了。他认识到了自己在姗姗的眼里真的就是一个永远抬不起头的废物，他根本无法同张总甚至小王相比，他感觉到自己这么多年来的所做所为，对姗姗的爱情也好、买彩票也好、四处拉投资也好，都不过是一个荒唐的笑话。

马进突然起身，不顾小兴的阻拦一把拎起地上的那包鱼，将鱼全都抛撒到附近的河水里，然后对着远处的黑暗，爆发出一声撕心裂肺的喊叫。这是马进上岛以来，第一次如此大叫，声音在空荡的河谷里反复激荡，显得那么绝望。

今天就是彩票期限的最后一天。

这九十天里发生了太多的事情，如同此刻天空中波动的云流。

一片萧条中，马进躺在空旷的河滩上，他饿得奄奄一息，更因为身体里的能量都已经被掏空。看着小兴在河里挣扎着试图抓出几天前的半条烂鱼，马进从怀里最后一次掏出彩票，任凭雨落下来将彩票打湿。

雨渐渐地密集起来，打在了马进麻木的脸上。突然，一个东西猛地砸到了他的头。

马进被打得浑身一个激灵，他低头一看，才发现是一条还在扑腾着的活鱼！

马进吓了一跳，慌忙看了看周围，又望向天空。只见一条鱼正开阖着的大嘴冲他的脸笔直地砸下来！

很快，雨水夹杂着更多的鱼从天而降。鱼群由远及近，密密麻麻地砸下来，漫天的鱼群下坠速度惊人，如同倾倒下来的金币一般不断地落下。这些鱼掉在地上的时候仍是活的，它们砸在石头上又弹起，不断挣扎扭动，跳跃翻腾。

马进和小兴蹲在地上，惨叫着用手护着头部，看着眼前的鱼继续成片地落下。

十几分钟过去，雨渐渐停了，空地上堆满了鱼。

马进从地上爬了起来，看着四周满满一河滩的鱼，仿佛有人画了一个圆弧把他们裹在中心。这是个奇迹，他难以置信地擦掉身上的雨水和鱼鳞，小心地在依旧翻动的鱼群中挪动着脚步，生怕踩碎了这个美梦。

他没注意到的是，在他身后的石缝中，彩票跟泥泞混杂在一起，碎成了几片，顺着雨水流走了。

那个世界，那个可以理解和符合常规常识的世界，就这样悄悄地溜走了。

当马进和小兴一起把鱼挂在一棵光秃秃的树上的时候，他才逐渐回过神来。他看着这棵被周围郁郁葱葱的树木包裹着的隐蔽的"鱼树"，仿佛在看一个古老的神话场景。

"你看这像不像圣诞树啊，我都想许愿了！"

马进的目光平和深邃，与小兴的兴奋形成鲜明对比。

"这是彩票啊。老天爷把奖给咱兑了。"马进看了看小兴，用先知般的语气说道,"你觉得,世界还在吗?"

"你让我说实话吗?"

"我告诉你,没了。那就说明现在是个开始。我还不信我报不了这个仇了。"

"报仇?张总啊?"

"老天爷。"马进淡淡地吐出了最后三个字。他的眼神里充满了欲望,这个欲望里夹杂了太多的冲动、仇恨、爱、执拗和过去,因此反而显得冷静,那是一种深不见底的冷静,这冷静在黑暗里滋长。他知道,在黑暗里滋长的,将是最可怕的猛兽。

马进的六千万终于兑现了,他也相信外面的世界已经没了。但他开始有了自己的计划,是姗姗的那句话提醒了他,他庆幸自己被骂醒了,也开始明白自己要做什么。他现在要做的就是留在这个岛上,并且在这个岛上获得成功。自己这辈子笃信的成功梦在哪里都一样,必须实现。

为了成功,马进制订的第一步计划就是积累,他要积累到这个岛上所有可用的资源。他来到小王的山洞外面,看着熟悉的崖壁心绪万千,那艘"冲浪鸭"还卡在上面,旁边的救生衣组成的"SO"还是那么显眼,这改变了他命运的一切就像发生在昨天。

"你找我?"姗姗的声音从背后传来。

马进表现出从未有过的真诚,指着身边放着的一包鱼说:"我来跟你道歉,对不起。"

而当马进从山洞走出来的时候,这包鱼已经换成了一包废铜烂铁。

马进拎着这些废弃的物品走进救生艇,他欣慰地看着小兴正坐在一堆废弃的手机、铁片、电线等破铜烂铁中间,转动着一个怪异的装置。

小兴操作着鱼桶前的一个薄片,每次开阖都只会有一条鱼掉下。鱼掉下后落在用皮带做成的传送带上。他同时转动身前的转盘,通过齿轮传送皮带将鱼滚动至面前的铁网。铁网下面一直有火在烘烤着。小兴再用力地一拉旁边的摇杆,铁网上下的两片铁皮就往中间合紧,再次打开后,鱼已经被压扁,身上还印着铁网的格纹。地面上满是沾着血水的鱼鳞和内脏杂碎。

"六千万你也不能这么造啊!"小兴捡拾着满地的废品,寻找着可用的材料。

马进知道小兴是自己唯一的依靠,自己的成功必须要带上堂弟一起。他的脸上流露着从未有过的坚定,认真地看着小兴的眼睛说:"只要是这个岛上生不出来的东西就是宝贝。你的技术就是这个岛上最大的宝贝。"

小兴的动作停顿了一下,他第一次被马进这么直接地表扬。成为马进的骄傲,这是他一直梦想着的事情,他感到自己身体上的某个关键按钮被激活了。小兴也下了决心,一定要在这个岛上,帮助马进获得成功。

马进计划里的第二步就是消耗。他知道自己没有张总的脑子，也没有小王的体力，但别人的优势恰恰可以弥补自己的短板，这是他从张总身上学到的东西。等待一个合适的时机就能让一切都变得顺畅起来。所以那条腥臭的鲸鱼尸体，反倒让他嗅出了一丝成功的味道。他不断地给小王送鱼，但每次只会送去刚刚够勾引起胃里那只馋虫的数量，再多的鱼也有吃完的那一天，他当然不会让他们吃饱，但是会让他们期待鱼的味道，这股味道在失去的那天才会被不断放大。

在等待双方消耗的时间里，马进还要让姗姗相信自己不再是一无所有，而这一点必须让姗姗看到。他知道因为自己对小王的帮助，姗姗已经感受到了他的改变，可对于爱情来说，这还远远不够。他自告奋勇地来到人们就着山洞造好的浴室，站在用车上遮雨的塑胶布做成的帘子外面，给正在里面洗澡的姗姗浇水。

马进偷瞄着姗姗挂在帘布上的一件衣服，故作镇定地清了清嗓子说："姗姗，我就是想跟你道个歉，也发自肺腑地跟你说一声谢谢。"

山洞里没有回应，这让本就紧张的马进更加语塞。面对着姗姗这个永恒的软肋，满满的自信又变得捉襟见肘。

"我，我……我给你添点儿水再说。"马进犹犹豫豫地说完这几个字，拿着桶快步离开，到一边接水。他不停地提醒自己不要失去这个关键的机会,来的路上把想说的话反复地念了好几遍。

马进回到塑胶帘外面,一股脑地把自己的话跟水一起倒了进去:"其实你之前根本不了解我,我也没有机会让你了解。在公司这么长时间,我最熟悉的是你的背影,因为我根本不敢面对你。但就算只看一眼你的背影,我晚上都能睡得很踏实。只要你在,我就认为世界还在,我就认为一切都还有希望。"

马进说出了自己隐匿多年的真心。习惯了多年汲汲营营、小心计算的马进连自己都不敢相信自己还有这样的真诚和坦率。即便到了此刻,他石头一样坚硬的内心里,还有一份柔软是留给姗姗的。

山洞里依旧一片寂静,没有任何回应。

马进忐忑不安地期待着,准备迎接沉默里传达出来的迟疑或者是拒绝。

没想到的是,里面传来一阵爽朗的笑声,伴随着笑声出来的是脸色潮红的保洁齐姐。齐姐的脸上还挂着掺杂怀疑和惊喜的深情,她的手按着领子上最后一颗扣子,似乎还在担心着什么。

"瞎寻思什么呢?……真不要脸!"齐姐带着几分娇羞地瞥了马进一眼,喜怒交加地离开了。

愣在原地的马进并没看见姗姗站在山洞的上面,看着这一幕捂着嘴笑了。

这笑里已经有了一点别的内容。

甜蜜的小插曲伴随着有条不紊的计划，让马进对未来的生活充满信心。

经过积累，救生艇边上放着一堆电缆、角铁、灯泡、破旧的喇叭和一个早已报废的电机。在隔壁的石滩中间还归置出了一个工作的区域，上面放着两个"冲浪鸭"上的椅垫和几只男士的鞋。

小兴正坐在中间整理着怪模怪样的东西，一打眼几乎都看不到他。

马进走到小兴旁边，拍了拍地上的机器："你确定这些东西都好使吗？"

小兴信心满满地点点头，继而又想起了什么，补充道："小王那边已经断顿好几天了。"

"那是时候了，该帮帮他们了。"马进看得出小兴已经对这一天期待了很久，他拍了拍小兴的肩头，像是把最重要的任务交给了小兴。

马进看着小兴兴奋地起身，在一堆鱼干里挑拣出来几条，然后向小王的山洞走去，他确信一切都做好了准备，自己的成功就差最后一步，这一步就是希望，是他最痛恨，也最想要的东西。

他仰头看了看周围的天色。发现天空中有一朵样子很特别的云，像一头巨大的鲸鱼。

23

小王带着人气势汹汹地冲着大船而来。

张总等人已经守在了外面,一副严防死守的架势。

两军对垒,一触即发。

张总示意杨洪从后面搬出一些鱼干,他挑了一条鱼举到小王的面前,缓缓地说:"小王,你能开口就说明是一家人。借,当然得借。"

小王懒得跟他废话,他刚要去拿却被张总拦了下来。

"等等。借归借,但特殊时期,借一还二。"

"你这是放高利贷啊!"

"哎,规矩不也是人定的吗?实在不行,劳动也是可以抵还的嘛。"

张总又是那副轻松的样子,好像说的不过就是去哪里打个盹这样的小事,可小王最痛恨的就是这副嘴脸。

"那你是变着法子想让我们过来当奴隶啊?"

"你之前说过,定了的规矩就得执行。以前你在动物园的时候,那些猴啊,熊啊,不都是这样训练出来的吗?"张总微笑的表情里话里有话,小王脸色已经极其难看,他偏偏又补上了一句,"其实有些事儿你觉得是个偶然,但往往是必然的,不然动物怎么进化完了才叫人呢？"

气氛已经尴尬至极，小王忍着怒气，青筋跳动。

此时，站在身后的老潘却没忍住笑，他的笑声又引起了其他人接二连三的嘲笑。这刺耳的声音让小王又回想起他过去难堪的日子，就是这帮居高临下的人让他失去了一切。

"给我抢！"小王一头撞向张总的脸，伴随这一声大喊，其他人体内的兽性也完全激发了出来。

这边杨洪早已按捺不住奔着小王冲了上去，而小王身边的赵天龙也红着眼冲了上去，新仇旧恨一并爆发，三个人打成了一团。

小王身后的人则一窝蜂地朝鱼冲了过去，饥饿的眼睛里只剩下食物。

老余慌忙地护着鱼干，来自城市里的笨拙根本无法应对这种原始的冲动。慌乱之中，他把冲过来的文娟一把推倒。

"你们要不要脸，对女人动手！"搀扶着文娟的男孩冲老余嚷嚷。

"女的怎么的？"老余横在前面迎面堵住冲过来的人群，却看见文娟冲了过来，"怎么的？你再抢一个试试！"

话音未落，老余的脸上出现了一个鲜红的掌印。

一场大战终于爆发。原本的同事朋友，如今变成了战场上的敌人。小王这边的人数虽然不占优势，可更加原始的磨砺以及愤怒让他们不落下风。

不远处的树林里，马进和小兴隐藏在几丛矮树的缝隙里，正冷冷地注视着眼前的疯狂打斗。

"姗姗呢？"

"放心吧。她去救生艇了。"小兴的声音里透着得意。

一切都在按计划进行，马进转过身去不再理会人们的厮打，他小声地默念着自己一会儿要用到的说辞，随着不断增大的哭喊和辱骂的声音，他的情绪也被煽动起来，放大的声音里透出一股狠劲。而小兴则一言不发，他完全麻木地看着眼前的混乱，甚至对自己挑起的事端感到满意。他看着旁边有人抄起铁丝狠狠地抽打着另一个人的腿，手上也跟着使劲猛抽了两下，发泄着心中的仇恨。

人们一开始打得非常笨拙，很多人是这辈子第一次真正的打架，早已经忘记了拳脚到肉的感觉。两个男人涨红的脸越贴越近，互相辱骂着却都不动手。几个年纪略大的老同事，四处躲避着横飞的拳脚。

反倒是几个女人掰着脸、揪着头发打得最像样。保洁齐姐跟几个女人互相撕扯，意外被卷入战团的Lucy拽在了她的身上。齐姐回手就给了Lucy一巴掌，Lucy捂着脸快要被吓哭了，带着哭腔撒娇道："是我啊，齐姐！"

"早看你不顺眼了，骚货！"

齐姐一把揪住Lucy的头发，连带着另外一个东倒西歪的女

一 出 好 戏

人，混乱地交缠在一起，只听得阵阵惨叫。

而另一边的杨洪逐渐难以抵挡小王和赵天龙两个人，他的鼻子已经开始淌血，紧握双拳的胳膊开始微微发抖，身体在不自觉地往后退着。

"这边！那边！"早就跑到船舷上的张总正在高处指挥，可笑的动作就像是在指挥千军万马的主将。

小王飞起一脚踹翻了杨洪，和赵天龙一起按住了他的双手。

杨洪奋力地想挣脱两个人的束缚，眼看就要脱困，赵天龙从背后掏出手铐，眼疾手快地把他的手腕死死地铐在了大船的栏杆上。

放弃抵抗的杨洪不停地谩骂，可小王根本顾不上理他，喘着粗气找到了大船上的张总，带着赵天龙就冲了上去。

"先抓老张！"

随着小王的一声呐喊，几个人挣脱了厮打的对象，跟着小王一起朝张总扑了过去。

张总害怕地看着小王不断逼近，凶狠的样子让他两腿发软，早就失去了淡定。旁边的老潘拽着他就往外跑，可刚转个弯，就被另外三个人堵住了去路。眼看逃跑无望，老潘当机立断抬手一把将张总推向了前面的几个人，自己回头狂奔几步钻进了最近的舱门，迅速将门反锁。

人群转眼间盖住了孤零零的张总。

更多的人追打着进了船舱,混乱地扭打翻滚。哭喊声、叫骂声此起彼伏,群架逐渐升级成械斗。扳手、石头、铁棍……一切可用的工具都变成了武器,人们挥动的手臂越来越狠,甚至有人从船体破损的高处摔了下来,一动不动地躺在地上,也没有一个人停手查看。

史教授独立一边,看着乱象摇头叹气,他试图劝阻混战:"不堪!野蛮!任何事情都是可以协商的……"可是絮叨的话还没说完就被旁边的人一拳打在了脸上。血从鼻孔里淌了下来,他终于失去了理智,抄起旁边的一块石头,最后一个加入了斗殴。

曾经的文明彻底消失殆尽。

疯狂的混战场面让马进越看越兴奋,可他在人群中看见了从外面匆忙赶回来的姗姗。完全不了解状况的姗姗刚想拉开两个互相揪着头发不放的女人,就被另一个人横冲过来推倒在地,手掌被地上锋利的岩石划开了一道口子。

马进按耐不住刚要起身,就被身边的小兴用手拦住。他看了看小兴的眼神,只能挣扎着与小兴一起走出树林,绕开纠缠的人群,借着夜色向大船走去。

黄昏逐渐褪去,大地陷入了黑暗。但人们还在互相追打,哪怕有人受伤坐在地上呻吟,有人筋疲力尽无声地喘息,人们依然在继续拉扯撕咬,丝毫不让。船边晾晒的物资和架子已经在混乱中被彻底破坏,桶里的水果、蔬菜、鱼干都滚在脚下,沾满泥土,血迹沾染在冰冷的船壁上。人们甚至已看不清对手,但还在重复机械地挥舞着愤怒,任由辱骂和哭叫响彻在黑暗中……

突然,高空中一声电音掠过,紧接着一首死亡摇滚在船上响起。

所有人都被吓住了,他们不敢相信自己的耳朵。

紧接着,又是一声尖厉的啸叫,在人们的头顶上爆炸出浓厚的金属感声音。人们惶恐不安地抬头寻找,似乎对这种声音感到陌生。突然,一束强烈的"天光"从天而降,笼罩在每个人的脸上。人们一时不能适应,眼前晕起白茫茫的一片,当视力渐渐恢复的时候,却在恍惚中看到拿着喇叭站在大船的缺口处的马进,他的身后一束"天光"穿过,犹如俯瞰苍生的拯救者。

"打啊,接着打啊!我给你们照亮了,让你们看清楚了打。为了抢两条鱼打得头破血流,不可笑吗?"马进的声音通过喇叭被放大了无数倍,似乎整个岛上的生命都可以听到他的声音,灯箱后部的散热孔也在他的脸上刻画出斑驳的光影,像是某种神秘的图腾。

就在他身后巨大灯光的阴影里,小兴拼命地用手不停地摇着一台发电机。他的脸憋得通红,被灯光的热度烤得满头大汗,但双眼里充满了期待。

电光,这个词仿佛已变成了只存在记忆里,却从不能被实现的梦。它终于在这个岛上一跃成为活生生的现实。亿万年形成的岩石，千百年来生长的树木，都在这一刻第一次沐浴来自文明的照耀，共同庄严地见证着奇迹到来的一刻。人们也和岛屿融为了一体，他们难以置信地感受着久违的文明，好像是第一次看见一样，贪婪地享受着暗夜里的光线，甚至落下了激动的热泪。

"就算你们抢赢了，就能活下来吗？今天会有毒桶，谁能保证明天没有更大的危险？岛上的资源能撑多久你们都很清楚！再这样耗下去，我们的结局只有四个字——坐以待毙！"马进的声音再次在高处响起，掀起人群中一阵阵激动的热浪，他专注地看着慢慢变得期待的人群，又继续喊道，"是，这次的灾难可能淹没了大片陆地，但我不相信海拔四五千的青藏高原也被淹没了！不然人们之前为什么不把这里叫作世界屋脊！所以我们的希望不在这个岛上，我们的希望在哪儿？我们的希望在于找到能够让我们永久生存下去的，真正的陆地！我们现在要做的，就是去寻找它！"

马进的演讲似乎有醍醐灌顶的功效，引起了人们窸窸窣窣的骚动，人们开始小声地议论，揣摩着这番话语中所蕴含的可能性，也许是出于对文明复兴的渴望，他们的头脑逐渐被一种近乎狂热的情绪占领，不同的声音也慢慢变得统一。而马进在人群中准确地捕捉到了姗姗欣赏的目光。

"你拿个破灯泡糊弄谁啊？让大家一块儿划着破筏子，跟你一起出去送死吗？"张总第一个从集体情绪中清醒过来，他捂着受伤的胳膊打断了马进刚刚掀起的热潮。

"那就在这里等死吗?你以为把伤口捂住就不疼了吗?"姗姗直接走到张总旁边,一边说一边戳着他的伤口,"如果耗在这儿只能换来毫无意义的三五十年的生命,我不明白还有什么价值!"

"活着!多活一天就有一天的希望!"张总捂着伤口咧着嘴,但口中依然不认输。

马进的嘴角微微地上扬,他第一次理解了张总曾经的畅快,那就是能够准确预料到大家接下来想说的话、想做的事。一旦希望这个东西被燃起来,他就成功了。马进看着还有犹豫的人群,缓缓地再次开口:"对,但要看什么是活着,什么是希望。"

马进示意小兴关掉灯,人们再次陷入了黑暗和慌乱,像是一个健全的人突然被剥夺了看见世界的权利。这一切都符合他的预想,他并不着急,又等了十几秒钟,直到人们的唏嘘被放大到惊恐,才在黑暗中继续说:"是像这样吗?永远都不知道等着我们的明天是什么吗?那我再告诉你们,希望是什么。希望就是你从来没想到过的灯会再亮!喇叭会再响!机器会再运转!但就在刚才这一刻,你们都看见了。为什么?因为我们的努力啊!不去尝试,怎么就知道我们找不到光明的对岸!你们想见到光明吗?"

"想!"

"想吗?"

"想！"人群回应的声音更大了。

马进太懂得希望的力量了，因为他就曾被此耗光一切，那个东西会让大家产生一种安全感，并且这种安全是出于文明树立起来的权威，不会被纪律和规则束缚，只会不停地产生源源不断的动力。

马进知道时机到了，他示意小兴再次打开灯。

文明的灯光再次点亮小岛。沐浴其中的人们群情亢奋，放肆地大喊，不由自主地翻腾起一波又一波的掌声。

"那就让我们齐心协力，去寻找新大陆！一次没找到，就去找十次，一年没找到，就去找十年！"马进卖力地喊出了最后一句话。

"一起去寻找新大陆！"小兴配合地用尽全力呐喊。

人群中的小王像是看到神明降临，他疯狂地举起手臂，站上了一块高大的岩石，握紧拳头向上，用力地高呼："新大陆！"

随后，统一的口号整齐地回荡，一声比一声高，在荒凉的海滩响起一派狂热的喧闹。

看着白光下那一片举起的双手，马进知道自己终于成功了。他和小兴一起走下大船，在篝火堆上架起了一口大锅，同时拿出了那包早就不属于自己的方便面。可除了张总，又有谁知道呢？在调料包撕开的刹那，所有人都爆发出了心满意足的呼声。

"咱们本来都是一家人，大家都住进船里，行吗张总？"马进看到张总的眼角在不自然地抽动着，可他根本无法反对，因为流水线的旧时代已经过去了，新的未来只用一根挂在眼前的胡萝卜。

姗姗看着如此光明的马进，她的目光也变得柔软起来，好像是找到了那个值得依靠和信赖的人。

"谢谢张总！"小兴带头鼓掌，单纯憨傻地笑着。

人群再次爆发出统一的欢呼声，情绪和方便面一起开锅了。

人们捧着从马进那里领到的一根面条，用力地吸溜着，吮吸着空气中留下的香味，抽泣声也开始此起彼伏。他们皱起的脸上热泪滚滚，起初还强忍着不哭出声，就像是一座座象征悲伤的现代艺术品。但很快，哭声如同呼啸的海风穿过石头的缝隙，号啕使人们不自觉地向后仰，挺直的腰板好像是被一根钉子固定在地上。酣畅淋漓的痛哭使他们想起共同的苦难和各自的悲伤，他们看着刚刚伤害过的人，禁不住伸开双手，互相拥抱。一切烟消云散。

24

成功如期而至，马进没有想象中的兴奋，山顶的快感远没有半山腰美好，而且他需要维持住他并不相信的有关新大陆的所谓"希望"。

可其他人相信。

人们欢笑着从船里奔跑出来，他们脸上的伤还在，但洋溢的幸福掩盖了相见的尴尬。他们听从着小兴的指挥，把山洞里的物品都搬进了大船，大船变成了集体宿舍，充满了团结一致的生活气息。在大船边上，一卷一卷的蓝白条纹的织物和气泡纸也被几个女孩子抬了出来。实习生美佳兴高采烈地往身上比画着裹了几圈。Lucy 也在一边用布条勾勒着曼妙的曲线，她并不关心是谁在带领大家，她只要保持住自己的优势就足够生存。

梳洗完毕，焕然一新的人们换上新的条纹状织物，像一群蓝白相间的鸟似的栖息在横七竖八的树干上，充满新奇地观察着崭新的世界。有人在跳着大绳，欢愉地玩耍着，像群孩子，有人在唱着京剧，还有人练起了太极，大家各展才艺。几个女孩子或站或坐地围在史教授的旁边，听他讲解先秦的诗集，而史教授的目光也没离开过笑容甜美的女孩子们。人们用织物把刚刚搭好的帐篷盖上，搭建起了集市，拿着扑克牌互相交易更加丰富的物资。

坐在边上的杨洪，用木板支撑着骨折的胳膊，正百无聊赖地晒着太阳，偶尔挥着毛巾驱赶聚在鱼干上的飞虫。美好幸福的情景，宛如传说中的世外桃源。

劳动时人们更是一片欢腾，热火朝天的口号遍布在荒岛的各个角落。树林里，在马进的指挥下，一根根木头轰然倒下。有人负责在一边递水，有人负责修理工具，几个精壮的小伙子扛着木头在树林里穿梭。海滩的礁石边，人们在小兴的指挥下用电机捕鱼，大片大片的鱼从水里翻了上来，人们开始享受更多的渔获。悬崖边，看着卡在岩石中的"冲浪鸭"，马进想起了那次热情的旅行，仿佛已是欢乐而遥远的少年记忆。小王带领着赵天龙等人，在马进和小兴的指挥下依照歪歪扭扭的简易工程图，将横木塞到"冲浪鸭"底下使劲地撬，试图把船弄出来。虽然"冲浪鸭"纹丝不动，但他们的脸上没有丝毫失望的表情。

希望的力量在继续。马进总会被人们围在中间，给大家讲解寻找新大陆的必要准备工作，比如如何记录天气和水龙卷的规律，他感受到还没有习惯的尊重和认可，不过他很喜欢这种感觉。可他也知道张总并不会这么简单地放弃，绝不能给对方任何喘息的机会，这也是他从张总身上学到的经验，所以他主动朝着故意站在人群外的张总和老余等人走去。

张总皱眉瞥了马进一眼，转身走回大船，他要回到自己的船长室，只有那里现在还属于他。

但马进并不着急，他反而迎向了在大船入口乜斜着他的老余。他看着老余不屑一顾的神情，从口袋里掏出手机，似乎很随意地说："老余，你看看这个。"

手机里传来了视频的声音，曾经的回忆通过小小的屏幕流淌出来。老余呆呆地看着，眼神充满喜悦跟期盼，屏幕发出的光反射到他流淌着泪水的脸颊和抖动的嘴唇上。

马进满意地欣赏着老余崩溃的表情，很快周围的人群就迅速围拢了过来，头凑在一起往前挤着看。

"我手机跟你换鱼了，还在么？"

"我的手机能看吗？"

"我出一张牌，你让我先看行吗？"

人们为了能够看一眼视频，争抢着把"钱"放到了马进和小兴的口袋里。人们对着手机时而流泪，时而大笑，因为难以放下的回忆，一次次地回到队尾重新排队。能够再看一眼过去的生活让他们变得疯狂，或者是父母、孩子，或者是爱人，又或者是一只小猫，如此活灵活现，撕扯着人们的内心。过去的人们在沉睡中被唤醒。马进手里的扑克牌迅速增多。

夜晚的小岛开始变得魔幻起来。

小兴在溪水边填改了水道，他用几块厚的石墩制作了奇怪的石头坝，截住了部分水流，调试着通过瀑布落差运行的水力发电机。随着叶轮慢慢开始转动，一个齿轮带动的发电装置，源源不

一 出 好 戏

断地向蓄电池里充电，虽然原始但是有效的工作着。一根根电线继续延伸向大船。一瞬间，大船在黑暗的夜空下发出耀眼的亮光，将周围的岩石和海水照得通明，大船上巨大的铁板加上支叉出去的钢筋铁骨，让它看起来像是一棵发光的怪异仙人掌。

从此小岛的夜晚不再寂寞。很快，小兴就利用改装的简易投影装置和一面干净的铁皮，开设了岛上的"电影院"。哪怕是已经看了几十遍的老电影，排排坐好的人们还是能笑得前仰后合，就连曾经公认的烂片也被他们反复咀嚼出了滋味，大骂当年的自己不懂欣赏。岛上的文明一下进步了几百年，这次连张总也无法拒绝娱乐的魅力，他不得不心甘情愿地付出扑克牌作为代价，快乐地和其他人融为一体。

充实的劳动，美好的回忆，丰富的娱乐，这般美好的日子就这样往前翻动着。在这个岛上，人们开始真正享受生活的快乐，甚至开始欣赏这座孤岛的美丽。悬崖的内侧依然暗礁林立，但被不一样的阳光绚烂地环绕着，好像就变成了令人心醉的盆景。岛屿外湛蓝的海潮滚滚，依然深不可测，但银白色浪花拖着的长长的泡沫，让人们有了错觉，这座小岛就像是一艘大船，甚至能感觉到它随着海浪正稳稳地漂泊着，带着他们驶向充满了希望的光明彼岸。

可这个孤岛一动也不动，就跟他们的希望一样。

希望是重要的，只是当人们沉浸在幸福中太久，就会逐渐忘记最初的目的，反而转向思考别的问题。

一张锥形的表格展开在人们面前，上面密密麻麻地写满了所有人的名字，男男女女分别成对，因为女性比较稀少，大部分男性并没有匹配到女性。所有人面面相觑，已经有人猜出了表格所代表的意思，便在一边偷笑，并且悄悄打量着女人的身材。

站在一边的史教授郑重地清了清嗓子。为了这一天他做足了准备，看着身边替他举着表格的实习生美佳，以及表格里他们俩配对的安排，他尽量不露出期待的眼神，不断地告诉自己这只是关于科学的示意图。

"在大家的努力下，我们基本解决了第一个问题，生存。谁能想象我们会过上现在的日子？但是我们要居安思危啊。我不得不提醒大家，跟任何生物一样，我们还同样要面对另一个严峻的问题——繁衍。"

人们发出一阵哄笑，男人们笑得尤其开心。几个人冲着旁边一个害羞的女孩吹着口哨，还有几个男人似乎对自己的配对对象不太满意，努力地盯着 Lucy 的名字和就坐在一边的 Lucy 的身体。角落里的老余和文娟的表情明显变得不自然，他们俩的名字不知道是被有意还是无意地给写在了一起，两人强装镇定，怕被别人发现他们俩幽会的秘密。

史教授注意到了男人们猥琐的讨论和女人们明显不愉快的表情，继续维持着严肃的语气说："都别笑，这是个很严肃的问题。

我认同伦理道德，也支持一夫一妻和忠贞不渝的爱情。但任由大家这样自由发展下去，以岛上的男女比例，不出四代，剩下的都得是亲戚。而且这是一个很可怕的锥形发展，结果必然走向灭亡。"他说到这里，示意美佳将表格翻到下一页。女孩竭力地去够巨大的图纸，拉直的身体让曼妙的曲线若隐若现。史教授看得入神，走上前扶了她一下，似乎是无意地搭着女孩的手，把另一页纸翻了下来。女孩冲他甜美地一笑，神色自然地回到了刚才的位置上，可这一笑已经彻底撩乱了史教授那颗油腻的心。

"当然我是带着答案来的啊。这些日子我经过严格的计算，找到了一个科学的、有序的、放射性的繁衍办法。"史教授平静着自己的呼吸，说话的语气已经开始变得颤抖，眼睛在看着放射性的配对次序表格的时候，总是不自觉地瞟向美佳，"也就是说每位女性要按照表格的次序，和不同的DNA对象依次结合，获得不同DNA的后代。只有这样才能保证人丁兴旺，生生不息。"

大家认真地看着这份表格，果然每一个女性名字的下面都按照时间次序分配了不同男性的名字，甚至还出乎意料地考虑了生理周期的细节问题。意识到这一点后，在场的女人们泛起一阵恶心。

"你是把我们当转基因实验品，还是杂交水稻啊？"

"我们是生育工具吗？你这理论是用裤裆想出来的吧？"

"龌龊！恶心！"

女人们的怒骂声越来越激烈，几个女孩气不过红着脸离开，但大部分的男人笑得更放肆了，害羞的男孩们好像也在心里盘算了一下。坚持表示这不过是一个科学问题的史教授还在辩驳着，就被几个女人一起轰下了台。

虽然这个看似玩笑的闹剧就这样过去了，但不可否认的是，关于爱情，或者说就是繁衍本身的种子已经埋下，如果继续在这个岛上生存下去，有一天这不会再是一个理论性的话题。

在这么一段美好的时光里，当然也少不了马进魂牵梦萦的爱情。可是这爱情美丽得就好像是假的一样，已经让他分不清时间和细节，只有大量的碎片记忆如晶莹剔透的玻璃一样在闪闪发光。他记得在房间外的走廊里，姗姗看着手机里父亲的视频默默流泪，慢慢地斜靠在自己的肩膀上；在那个从大船上拆下来的沙发上，姗姗投入地玩着手机游戏，两个人边玩边笑，默契得就好像在自己家里的客厅；皓月当空的晚上，两道浪漫的剪影在海边漫步，他看着海面上涌来宝石蓝色的浮游生物，成千上万地撒在海水之中，星星点点的荧光，如同满天星斗浸在海中，又像是他特意为姗姗点亮的烛火。姗姗兴奋地踩进水中，双手想捧起荧光，荧光却又总是从指缝溜走，他俩嬉闹追逐着，溅起一层层浪花；青苔环绕的小溪边，他和姗姗一起吃着地上的蘑菇，眼前的世界变得迷幻，姗姗的脸也有些模糊，可无论从哪个角度，都越发动人。

马进忍不住问了最不该问的一句："如果回去了，咱们俩还会在一起吗？"

"当然……"头上戴着鲜花草环的姗姗看着马进洋溢幸福的笑脸，又开玩笑地补了半句，"不会。"

看着马进瞬间傻愣住的样子，姗姗笑得更开心了。

马进分不清哪些是真话，哪些是假话，可自己说的话又有哪些是真的呢？他在这座岛上已经分不清楚真假，但似乎真假又不是那么重要，因为他拥有的现在应该是真的。他看着笑靥如花的姗姗开心得像个孩子。在他的眼里，姗姗花环上的鲜花依次绽放，背后似乎长出了透明晶莹的翅膀，他俩双手紧紧牵着飞到一个山洞内。从明到暗，仿佛有一条瀑布从洞口上方流下，水花打起飞雾，幻化出各种美好。慢慢地穿过瀑布，两个人的手缠在一起，好似热恋中一对不分彼此的情侣，反复交织，划过彼此的指缝、掌纹，每一寸的凹凸不平都能完美无缺地吻合，像是终于找回了能把自己拼成完整的那一部分。

"太假了，我不敢相信这是真的。其实假的比真的真。"马进感觉现在就是最好的时候，看着姗姗迷茫不解的眼神，他留恋地说着，"其实不用懂，只要一直这样下去就好。"

没错，马进现在要做的就是让这种状态一直保持下去。

又是一个狂欢夜。大船里的喇叭放肆地播放着震耳音乐，马进眯眼看着耀眼的灯光和篝火边已经喝醉的人们。这样的夜晚不知道已经重复了多少次,可人们依旧欢乐起舞,亢奋有力。

马进和小兴勾肩搭背地坐在大船的二层。

"你太厉害了!我都想给你跪下!跟做梦一样。"小兴仰头一饮,红酒流出小兴的嘴角,跟吸血鬼似的。他一边说着,一边借着酒劲往天上抛撒扑克牌。

做梦?马进这辈子都没敢做过这么夸张的梦。所有人都在因为他所带来的希望狂欢,他的内心涌出一股冲动,神志恍惚不清地说:"以前外面的那个世界,根本没有我们。现在有了我们,才有了外面的世界!"

豪言壮语脱口而出,马进没意识到自己能说出这样的话,他随即明白过来,旋即一阵大笑。他信自己能够成功,但没想到这个成功如此巨大,甚至比那六千万都更加辉煌,他仿佛已是这整个世界的主宰。

小兴跟着马进一起开心地大笑着,他把之前所有的憋闷都喷发了出来,这个世界对他来说是如此宽广,宽广到让他相信自己能够做成任何事情,再也没有任何人能够阻挡他。小兴看着下面的人群,一个个是如此渺小,张总、小王,不过也和其他人一样,混杂在里面根本认不出来。他疯狂地冲着他们大喊:"就算以前是坨屎,只要冻上了,没人咬破,那他妈的就是冰淇淋!"

吵闹音乐堵塞了人群的听觉,自顾自欢乐的他们根本听不清小兴说了什么,但是他们阅读到了振奋人心的表情,以为又是某句响亮的口号,他们随着一起扯破嗓子高声欢呼。

马进盯着人群中开心跳舞的姗姗,快乐的心情也冲到了顶点。

"那咱们就把这场戏演下去!"马进说完以后,直接仰面朝天从二楼倒了下来。

人群如潮水般涌了过来,人们用自己的双臂将马进接住,然后将他高高地托举起来,爆发出更加热烈的欢呼。人们放下马进,继续亢奋地打着节奏,大开大合的舞蹈也变得更加狂乱。马进拉着姗姗,融入了这场舞蹈,他们很快就成了舞台的主角。所有人发自内心地笑着,叫着,为了美好的爱情,为了更美好的明天。

突然,那一声熟悉的怪叫再次破空而来。这次恐怖的叫声好像更加持久,在树林里反复回响,好像是要叫醒沉浸在美梦中的人群。怪叫持续响动,穿透了大船的外放音乐,击穿了每个人的太阳穴。人们不得不停下舞蹈,继而警惕地看着黝黑的森林,树丛里透露出危险的味道,他们担心不知道从哪个方向就会窜出一只怪物。

马进紧盯着树林,狂热早已冲刷掉他的理智,一股天不怕地不怕的豪情上头,他抄起一根铁棍向树林走去,嘴里说着:"这声儿到底是什么东西?这次必须逮住它!"

"甭管是什么!弄它!"小王附和着冲了上去,部队的锻炼早让他无所畏惧。

　　小兴看到两人扒开一片树林，朝未知的黑暗走去，犹豫了一下带着充好电的小灯也跟了过去。不管是什么，他都要跟马进一起面对，这是他早已下好的决心。

　　三个人不知在树林里面穿行了多久，杂乱的树林纠结成团，他们才终于意识到这座岛还有太多他们没到过的地方，才认识到这短短的三个多月里他们自以为对这个岛的熟悉是多么可笑。转过几个复杂的岩石歧途，加上几乎完全的黑暗，马进和小兴渐渐跟小王走散了。

　　他们俩像没头苍蝇一样在树林里胡乱地撞着，就在他们准备原路折返的时候，一种低沉而又刺耳的声音再次在耳边嗡嗡作响。

　　"这声音太怪了，还每隔十二天叫一次。"马进自言自语道。

　　"十二天？你怎么知道？"

　　"我不是一直算着彩票日期呢嘛。"

　　马进继续朝前走着，远处仿佛有灯光。他不敢相信这世界上还有别的灯光，匆忙地跃过一个陡坡，离开树林来到开阔的悬崖边。

　　平静的海面上，一艘游轮从天边驶过。游轮显得异常祥和，闪烁着霓虹彩灯，船体不时被绚烂的礼花照亮，丝毫没有任何灾难的痕迹。如此不真实的画面就这样真实地摆在了他们眼前。

　　马进和小兴盯着看了许久，猛拍了几下头又挤了挤眼睛，试图把眼睁得更大。可现实的确如此,确凿而且荒谬。他们俩并排站着,一动也不动。

"船！有船！有大船！"小王突然从后面冲上来,他也是被声音引过来的。他指着游轮,不停地尖叫。

"什么船？"马进吞吞吐吐地说。

"哈哈哈！我们有救了！世界没事！世界还在！"小王大喊大叫,顺着船的方向几乎是滚下山坡。

但遥远的游轮不可能看得到如此微弱的求生,继续向远处开去,跟这里的一切都无关。

看着眼前的这一幕,马进的酒劲儿全醒了,他想起了过去那一幕幕的失败,包裹着自己身体的那一层似乎正在一点点化掉,露出了里面的丑陋不堪。他突然愤怒地转身掉头往回走。最近的事情有太多让他分不清楚真假,但唯独这件事是确凿的,从脚底下涌上来的恐惧告诉了他真相,这恐惧是他生存的本能。

"活得才刚有点感觉,一下子都成假的了。"马进突然停下脚步,拿棍子猛抽了几下旁边的树丛,接着又朝天怒吼,"你他妈的要玩我到什么时候？"

远方再次传来了一声游轮的汽笛,像是对马进的回应。这诡异的声音现在是如此清晰,但对马进来说却更加可怕。

马进愤怒地再次冲回崖边,指着游轮的方向狂吼:"老子到今天都是自己一步步拼出来的！让我回去可以,把彩票还我！"

马进知道自己什么都没了,唯一的选择就是回到过去那个拥挤、贫穷的世界,接受本来的自己。他有太多的不甘心,却又无能为力,只能任由命运的大手一把攥住自己的躯壳,把他拉出伪装。

一直没说话的小兴却突然停下了脚步,他直勾勾地看着马进,说:"冰淇淋化了可就冻不上了。"

马进看着小兴异样的眼神,黑暗得仿佛深不见底,他突然有点心虚,不知所措地问:"那能怎么办?小王也看到了。"

小兴还是没说话,可眼睛瞥了瞥马进手里的铁棍。

这个冰冷的眼神让马进心中一凛,他下意识地把手收了回去,还想继续往山下走,却突然被小兴一把拉住。

"他要是疯了呢?"

25

面对冰冷的现实，小兴比马进显得更冷静，他只知道一件事，就是这份希望他绝对不能放弃。打一开始小兴跟马进的希望就是不同的，没有彩票也没有姗姗，他并没有那么实际的诉求，成功的欲望对他来说是一个更加笼统的抽象概念，所以他的成功在这里实现的时候，实现的也是更加纯粹的欲望本身。沉迷在成功里所体验到的快感让他不能自拔，一旦习惯了这种从来没有在生命中体会过的优越感，他已经无法再接受曾经的自己，甚至不愿意相信还有过曾经的那个小兴。当看到游轮的时候，他的眼前仿佛出现的是块无论如何也蹭不掉的油污，而且面积越来越大，直到快长满全身，所以他唯一的想法就是把它除掉。

小兴跟马进学到了很多，也明白代表着真相的船会再次出现，他需要做好一切准备。小兴把自己的目标分为三步，而第一步要解决的就是小王。

回到船舱内的小兴坦然地面对着身边众人的不解，看着人们陆续地从船舱各自的房间里走出来，他能看出马进的慌乱，可他没有表现出半分紧张，他说服自己相信了自己刚刚编排的故事。

"疯了？"人们发出质疑的声音。

"我开始也没反应过来,不知道他是被什么东西吓着了。"小兴看着人们围聚到身旁,对自己的故事坚信不疑,"我们刚到半山腰,就听到从林子深处传过来可怕的怪叫。我们还有点含糊,可小王说他什么动物没见过,就也嗷了一嗓子奔林子里去了。"

"后来呢?"人群被吊起了兴趣。

"后来我们俩就进去找他,等再找到小王的时候,就见他一动不动地在地上坐着,周围都是黑的什么都没有。"小兴声情并茂,越说越玄乎,人们也听得身临其境,仿佛小王痴傻的模样就在他们的眼前。

小兴停了一下,像是在努力回忆什么细节,接着又说:"小王又嗷一嗓子从地下蹦起来,指着一块石头说这是条大船,他一遍遍地重复,然后说上面还闪着小灯,噗噗地放着礼花。当时特别瘆人,我俩听得鸡皮疙瘩都起来了。"

栩栩如生的恐怖场面,把小声议论的每个人都给吓闷住了。在大船斑驳的钢铁后面,只听见小兴声音冷静地说着。

"自从他不当'王'了,就一直不太对劲。哥,是吧?"

"是,他老说胡话。"马进的声音有些闪躲,他还没有从刚才的发现中回过神来。

站在远处的张总觉得事有蹊跷,可又说不出哪里不对,他走近小兴狐疑地问道:"那小王人呢?"

这个问题好像让小兴突然来了劲头,他兴奋地模仿着小王的神情,夸张地张着嘴,似乎精神错乱地喊:"小王喊着'船!有船!有大船!'就往山底下跑没影了。我们两个人都没孱住他。"

在一片死寂之中听着小兴低声细语的描述,有所怀疑的张总也畏惧起来。人们想起那可怕的怪声,仿佛黑暗中满是可怕的无名之兽。

就在这时,由远及近地传来小王疯狂嘶哑的呼喊。

"船!有船!有大船!"

和小兴学的一模一样。

小王跌跌撞撞地闯入大船,他疯狂地奔跑着,脚底打了个绊,一个跟头跌倒在地,再抬起头时脸上已经开始流血,但他好像根本没感觉到疼,继续连滚带爬地往前窜。他本就脏乱的衣服上沾满了泥土,还撕破了几个大口子,脸上也被树枝刮出伤口,草根和树叶沾在他的身上和头发里。他冲进大船摇晃着每个人,语无伦次地大喊:"大船!有大船!哈哈哈!走走走!咱们得救了!"看起来就是个疯子。

小王兀自狂笑,发现大家一点都没有他预想中的兴奋,很奇怪地问:"你们都愣着干吗?大船刚才就在那儿!船上还闪着灯,对,还有礼花,噗噗地放着!"

小兴冷静地看着小王,就像看一只跳跃的猴子。人们相信的事实真相，已经是他讲的故事，然而小王对这一切一无所知。

小王急切地跑向马进和小兴，着急地求证："你们不信？他俩都看见了！是不是有大船，是不是闪着灯，是不是放着礼花？"

"是是是。有大船，闪着灯，放着礼花。"小兴和马进一起真诚地附和着。小兴在小王身后冲着大家比着手势，示意大家抓住机会制服小王。

小王看到人们围了过来，冷静得像是一尊尊没有灵魂的躯壳。他拉住身边的一个人就往外跑，却被其他人拽了回来。他生气地一把推开几个人，挣脱四处伸来的手，嘴里惊恐地高喊："你们是不是疯了？"

百口莫辩的小王很像精神错乱者，他不能明白人们为什么不相信他，除了他发狂的高喊以外，整个船舱都是冷静的冰冷，几个人向他追了过来，脸上映着地下一排排惨白的灯光。小王第一次感觉到这艘大船是如此恐怖，挣扎着想要跑出去，却被几双胳膊按倒在地。

小兴看着还在挣扎的小王，举起手里电鱼的装置，瞅准机会狠狠地电了上去，电极两端打着火花滋滋作响，小王浑身一阵猛烈的抽搐，然后直挺挺地躺在地上，被几个人拽着抬走。

小兴看着绵软的小王，环视还在担心的人群说："以后真得小心了。哥，是不是咱得定下来，真不能再上山了。"

"对，不能上山……太危险了。"马进的话给小王盖棺定论。

小兴担心事情还会败露，他紧盯着这个需要被擦除掉的错误，安排赵天龙持续对小王进行电击疗法，当然说的是为了帮助他恢复理智。

"没有！没有！没有大船！"小王的惨叫声在大船里不断响起。

除此之外，为了确保"病人"的安全，小兴还安排人时刻监视小王。当他听到赵天龙的汇报后，跟他一起来到了一片巨大的礁石后面，看到小王独自一人蹲在海边加固之前马进和小兴出逃时用的木筏。

小王神情错乱，一边收拾着木筏，一边喃喃自语："必须走，必须离开，不能和这帮疯子待在一起……"

一块石头不偏不倚地扔到小王的脚边，在地上弹了几下，滴溜溜地旋转着。

精神紧绷的小王吓坏了，他警觉地看向树林，却没看到一个人，他屏住呼吸加快了修木筏的动作。

又一块石头扔了过来，这次砸在了小王的腿上，他怪叫着跳了起来，可一片死寂的林子里没有任何身影。他害怕极了，躲在木筏边一动不动。

突然，十几块碎石接二连三地落了过来，砸在了小王的身上和脸上。小王无力地朝着空气挥舞着双手,试图击打看不见的敌人,挥舞中又被一块石子砸到了眼睛。但剩下的石头并没有停下来,小王的心理彻底崩溃了,他拖着一声惨无人寰的尖叫声逃进树林。

小兴看着赵天龙带着电机,远远地跟了上去。他知道第一步已经成了,第二步需要解决的是张总。

小兴最近几天总是通过大船的圆形玻璃看到自己,可每次照出自己的样子的时候,都有一种罪恶感,但吸引他走到玻璃前面的也正是这股罪恶感带来的虚荣心。他对镜面里的自己感到满意,他忘记了曾经只能唯唯诺诺地传达和完成命令的自己,相信现在看到的才是自己真正的灵魂,所以他渐渐不再感到罪恶,而是感到陶醉。这是一种解救,让他全身充满了崭新的渴望。他解救了自己的灵魂,让他浮现在脸上,甚至改变了面容表面的形状。另一个自己就像是被压抑了太久的人,终于从暗无天日的车底下冲到了外面,大口呼吸着奢侈的空气。

小兴看到身边依然萎靡的马进有些失望。他早就想明白了,现实世界的成功才是真的,他做好了准备等着猎物上钩。

小兴看似随意地拦下了经过的张总。

"哎,老张,我正好有事问你。本来我哥说要买你房间,可我手里的牌怎么越来越看不懂了呢?"

张总没理会小兴,继续往自己的船长室走。

小兴对迟钝的马进使了个眼色,拿出自己的扑克牌,将张总拦在门外:"之前就两副牌,可我手里面现在怎么有四个红桃2啊?"

"那是你书念得太少了。之前一张2能换几条鱼,现在呢,一条鱼能换几个2啊?那么问题来了。我这牌是没多少,可鱼存了不少。现在是牌值钱还是鱼值钱?现在有这么多鱼,不多加两副牌行吗?"

张总循循善诱的语气像是在教孩子,他对今天早就做好了准备,只要规则是他制定的,一切就都还在他的掌握之中。

可是他想错了,小兴要做的是打破这些规则。他看着张总不耐烦地走进房间,然后他掏出了手机。

手机播放的视频里传出了一个女孩天真无邪的歌声,歌声在铁壁上左右碰撞,甜蜜的声音填满了空荡冰冷的大船。那是张总女儿的声音,只是之前从来没给张总看过,张总还以为他的手机早就坏了。

张总从房间里跌跌撞撞地走了出来,他的脸因兴奋已经变得扭曲,那是他生命中最重要的东西。

小兴看到张总的表情,他把手机屏幕转了过来,认真地问:

"这是你女儿啊？小姑娘真可爱。"

"给我！"张总发抖地冲了上来，脚步踉跄。

"内存满了。给你看一下，我就删了。"小兴轻松地闪开了，他满意地看到短短的时间里，张总已经眼泪纵横，曾经永远游刃有余的自信似乎已被彻底击碎。

杨洪看到以后冲了过来，却被张总拦住。他害怕极了，恨不得当场就跪下求饶，此时，他引以为豪的规则一文不值。

"小兴，对不起！对不起！别……"张总不断求饶的声音吸引了船舱里的其他人。人们逐渐围了过来，对眼前的一幕指指点点，张总的尊严彻底没了。

小兴满意地看着这一切的发生，他冲身边的马进点了点头，告诉他过去的屈辱不会再发生。而且好戏才刚刚开始，他可没打算收手。

"我哥说想住你房间，能住吗？"

"能，能。"

"那我想当老板，能当吗？"

"能。你以后就是我老板，马老板。"张总的语气就像是求饶。

"你别忽悠我，我得当真老板。你公司的大楼能给我吗？"

"楼都没了……"

"没了我也要。你给不给？"

"我给，我给……"

"口说无凭，立个字据写下来吧。"小兴从怀里掏出《成功学》递给了张总。这本被马进丢下的书被他奉为珍宝，里面的内容他早已烂熟于心。一切进行得如此顺利，小兴却不明白马进为什么突然慌了，冲上来想要把他拉走，试图制止这一切的发生。

张总以为马进和小兴又开始配合新的计谋，可为了女儿他什么都能放弃，这是他作为父亲的最后一点慰藉。他指挥杨洪架走了马进，让他不要再添乱。

马进无力挣脱杨洪，只能朝小兴大喊："小兴，你玩过了！"

"过去我一直都不过，所以我傻，但我傻我就得受他们欺负吗？我不会永远都这样。"小兴明白马进害怕的心情，但那是因为他还不知道自己下一步的计划。他们两个人的事情可以一会儿再解释，这里绝对不容有失，现在哪怕是马进也不能干扰他。他转头打开手机，录下了张总颤颤巍巍写字的视频。

张总念着自己刚签的字据："本人张继强，自愿将名下产业祥瑞大厦4至7层无条件转让给马小兴以及马进。"

"你们都作证啊？"

面对小兴的手机镜头，大家都点头作证，他们以为这不过是一个赌气的玩笑。可只有小兴知道，他已经拿到了自己最重要的

一 出 好 戏

宝贝,他的成功只剩下最后一步。

小兴压抑着激动的心情来到了大船外的一个僻静处,他开始拆卸他自己修好的蓄电池、发电机等机器。很快,他听到了马进跟上来的脚步声,他相信只要马进看到各种毁坏的机器就一定能明白他所有的计划。自己再也不是那个需要被照顾的小兴,他也能给两个人争取到梦寐以求的生活。

想到这儿,小兴的脸上早已换了表情,极其兴奋地回过头:"这次是真的发了!"

可是,小兴迎上的却是一记狠狠的耳光。

"回去有命花吗?你想在牢里待一辈子啊。"

小兴捂着热辣辣的脸颊,语气依然很平静:"咱们的命本身就是捡回来的。不拼一次,咱回去可就一切都回去了。你不用担心,发电机再用不了几天就会坏,渔网也会不见的。"

"那他们就都完了!"

"他们不完咱们就完了!穷人永远是穷人,富人永远是富人!这是你教我的。"小兴冲马进吼了出来,他原本以为马进只是一时迟钝,需要被他叫醒,但没有想到马进会是如此软弱,软弱到愚蠢,他一字一句地告诉马进,"就这么一个机会,我该做的都做了。"

"小兴,之前是哥错了。这糊涂可犯不得啊。"马进的语气软了下来,他难以相信曾经单纯的堂弟变成了今天的样子,而这一切都是他自己铸下的错。

正是这句话让之前的事情都浮现在了小兴眼前。他捂着鼻血听到马进残酷的声音,冒险出海的燥热,救生艇里的寒冷,以及曾经贫穷的生活无数次地把他从睡梦中惊醒……小兴冷静了下来,他知道那一切都已经过去了,而现在他拥有了一切。他掏出签立了字据的《成功学》,双眼盯着马进。

"之前?之前你有彩票的时候,我豁出命跟你走了。现在彩票在我手上,你呢?"

小兴说完起身离开,事到如今任何人都不能阻止他的计划,一切的阻碍都是他必须清除的错误,他必须完成最后一步,那就是回到过去的世界,实实在在,完完整整地再活一次。

"船过几天就到,记住,只有咱俩走。"

小兴自己也没想到,下一步需要清除的错误是马进。

26

那天夜里下山以后，马进就像换了一个人，面对眼前的一切他都不敢接近，生怕会碰碎。当小王被电倒以后，他默默地退到了人群的后面，唯一能感受到的是姗姗伸过来的带着温度的手。马进既不愿意失去，又不敢紧握。他没想到事情会到这一步，不知该何去何从。

人群逐渐随着小王僵直的身体散去，船舷边只剩下马进和姗姗两个人。

姗姗似乎感受到了马进内心的波动，靠在了他的身上，缓缓地安慰马进："人太过执着于某件东西的时候，是会发疯的。我能理解小王，他太想回家了。马进，我知道你心存理想，想带给大家希望。可有时候我想，真回到曾经的那个世界，会怎么样呢？我们俩可能会形同陌路吧。说真的，在这里的某些瞬间，我感受到了之前从来没有过的简单还有快乐。"

马进听着姗姗真挚的话语，自己却一句也说不出来，他知道姗姗对于欺骗的憎恨，犹犹豫豫地说："那我们不走了。"

姗姗的手紧紧地握住了马进的。那一刻手心传递的信任和温度，让他无法变得继续冰冷。温度就这样通过手心一截一截地顺着胳膊往心口传上来，又一点点地消失。

"你会一直这样牵着我的手不松开吗？"姗姗像是小女孩一样紧紧地依偎在马进身边。

"会。"马进挣扎着说出这个字。

姗姗听到了自己满意的答案，她把马进的手贴在了自己的脸上，缓缓地闭上了眼睛。

接下来的日子里，马进忍受着折磨，时常独自一人来到刚上岛的悬崖边。他抬头看着"冲浪鸭"摇摇欲坠地斜卡在崖壁上，下面做支撑的木头显得很脆弱，好像随时会被它压扁。漆黑一片的海面，似乎随时都可能出现一个小小的船影。曾经最迫切的希望反而成了最深的恐惧，这是对马进最大的讽刺。他回想着船边姗姗握紧他手的那一刻，他确信那一刻他想和她一直就这样在一起，这种感情极其强烈。但他不知道这是不是所谓的真实的爱情，因为他明白支撑这份爱情的基础是虚假的，这让他从心底难以接受。与此同时，他的良心又是如此懦弱，他不知道自己现在做的事情到底是出于自私，还是为了维护姗姗美好的爱情。他陷入了这种无能为力的状态里。

但很快出现了令马进更加恐惧的事情，那就是小兴残忍的骗局，发生的一切他都无力阻止，没想到在最黑暗的地方滋长出的野兽不是他自己，而是小兴。小兴说得没错，这都是他浇灌出来的恶果。可他是否能真的将一切抛下独自离开，违背姗姗的信任和做人的底线，继续奔向一直渴望的成功，他不确定。这一刻马进不知道该如何选择，他走回看似美好的大船，怅然若失。

正在失魂落魄，马进突然被人用布蒙住了头拦腰抱走，透过麻布朝下的开口他看到移动的地面从大船变成树林，又变回海滩上的碎石。他担心事情败露了，隐约听到人们细碎的脚步声和不时传来的耳语交流。过了几分钟，他不安地发现那几个人停下了脚步，自己被放在了沙发上。

马进的心脏止不住地狂跳，被蒙在狭小的麻布中，他有些喘不过气。突然，他头上的布被猛地揭开，阳光透了进来。

随着阳光一起出现的是姗姗复杂的表情，和旁边围满了的人群。

马进看见姗姗的眼里含着泪水，他们四目相对，欲言又止。

姗姗笑了笑，她的脸上还带着几分羞涩，但眼神里充满了坚定，她终于做出了选择，决定拾起她曾经扔掉的信任，因为爱情，她变得勇敢。

"其实我已经不相信爱情了。是你让我知道，我还能去重新信任，并且爱上一个人，还能像个小女孩一样期盼着有一个英雄走进我的生活。我想感谢这次的灾难，它让我清楚地看到了一个男人身上的责任和担当。我要去努力争取他。"

姗姗说得有些动情，嘴上还挂着笑容，但眼泪已经在眼眶里打转。

　　马进根本不敢看姗姗的眼睛，强烈的负罪感在煎熬着他，只有他知道这份爱情有多么虚伪，姗姗刚刚拾起来的信任，恰恰是又一次彻头彻尾的欺骗。他感觉到自己内心最后的那道防线就要崩溃。

　　姗姗深吸一口气，缓步在众人的注目中走向马进，用坚定的口吻说出了最神圣的那段承诺："我，吴姗姗。承诺以后无论是贫穷还是富有，无论陨石坠落还是惊涛巨浪，我们彼此间没有谎言，没有欺骗，只有信任，依赖，还有爱。"

　　姗姗坚定而幸福的脸，和她每一句笃定的话语，都在敲击着马进。所有人都在等待着马进的回答，周围的人动情地流下了眼泪。这样一份美好的，又充满了文明仪式感的爱情，再一次坚定了他们对文明的认同。他们相信，马进和姗姗就是天造地设的一对情侣。

　　马进看着姗姗的眼睛，无言以对，流下了痛苦的眼泪。

　　看到马进的泪水，人们开始集体欢呼。他们将这两个最幸福的人托起来举过头顶，分成两队在大树的周围来回地奔跑，不停地穿插，交错，旋转，快乐也随之不断地被放大。

　　两个人不断地接近又分开，每次临近照面的时候，马进都能看见在一双双手臂上面的姗姗，脸上幸福的笑容。而马进的脸上则肆意流淌着眼泪，欢乐越大，他心里的负罪感就越强。他被抛起的瞬间，身体一次次地接近天空，那里白茫茫的一片什么都没有，可他却看见了姗姗眼睛里的满满的幸福和憧憬。继而小兴冰冷的眼神和吃人的凶光浮现在他的脑海中，两种情绪交织在一起，五味陈杂，马进感觉自己的身体在被阳光一点点地融化。

他不能放弃自己最珍视的两个人。

突然，马进大声地吼了出来："假的！这都是假的！"

马进突然疯狂地踢蹬着，挣脱开所有人的手臂，摔倒在地上又挣扎着站了起来，嘴里语无伦次："我说的全是假的……岛是假的，新大陆是假的……船是真的，外面的世界也是真的。"

可在其他人看起来，马进的样子就像是疯了一样，他的嘴里滴着口水又混着眼泪，口齿不清地如同疯癫发作。

"马进，你怎么了？"姗姗从幸福中醒了过来，她急迫地走上前试图握住马进的手，却又被人群分开。

"姗姗，对不起。我是怕冰淇淋化了……"马进说完这句话，崩溃地蹲在地上，痛哭不止。其他人看他的眼神已经从迷茫，转变成恐惧。

"你们干什么了？"小兴急切的声音响起，他分开围着马进的人群，直接走到马进身边，像是在关切地察看着一个受伤的病人。

马进抬头看见了小兴,他低声地请求,希望小兴还没有被完全毁掉:"小兴,你跟大家说实话。"

"我说什么实话啊?"小兴的眼神里充满了无辜。

"说让大家走!说有大船!"

蹲在地上的马进突然暴躁地站起身来,狠命地敲打着小兴,似乎是想把小兴给打醒。但小兴却显得非常可怜,默默忍受着马进的疯狂。

周围的人们不断地议论,有几个男人围了过来,做好了抓捕马进的准备。

马进连忙往后退着,却看到了人群外蓬头垢面的小王。他冲破阻拦硬是将小王拉了过来。

这一下让所有人更加紧张,他们敌对地看着两个疯子。

"小王,你跟他们说,那天咱们是不是看见大船了?"

小王看着马进,两只眼睛里充满了迷茫:"什么大船?"

"就是那艘闪着灯,放着礼花的大船啊!"马进情绪激动,状若癫狂,就跟那天晚上的小王一模一样。

小王仿佛被刺激了一下,紧接着就看到了赵天龙正背着电机从圈外凑过来,克制不住的恐惧让他浑身发抖。

"没有啊。"小王颤抖的嘴唇挤出这句之后,转身就疯狂地往外跑。

彻底走投无路的马进青筋暴起，冲上去想把小王给追回来。是的，他居然妄图靠一个疯子来说明真相。可他刚跑两步就被老潘眼疾手快地从身后一把抱住。

"又疯一个！我抓住他了！"老潘着急地大喊。

早就准备好的赵天龙，背着电机照着马进的后背狠狠地戳了上去。

马进眼前一黑，和老潘一起温暖又滑稽地相拥侧卧在地。

马进再醒过来的时候，也成了疯子。他试图跟大家解释，却发现根本无法靠近大船，人们对他进行隔离治疗，无情地用发电机将他逼走。好心的人把他当作病人，还有人把他当作嘲笑的目标，小兴也在暗中提防着他的一举一动。

他身边似乎被画出了一个范围，别人甚至不敢进入，担心传染上疯病。这让马进意识到这个荒岛上，过去生活里的种种习惯和禁忌虽然早就消失，但总有些关于人性的理智是强有力地植根在基因里面的，人们还是会受到来自文明和人之所以为人的基本底线的庇护和制约。可现在的情况下，这些将被人们的一无所知毁灭殆尽，这群人和这座岛跟"人"这个字将再也扯不上关系，马进看到，他们会安居在这里直到逐渐丧失一切。

唯独姗姗还愿意走近马进,但这也许就是最后一次,她有些失神地走了过来,曾经最亲密的人此时却无法直视彼此的眼睛,这让她感到心碎。

"你跟我说实话,到底怎么回事?你是疯了吗?"

"我没有……"马进支支吾吾地回答。

"那就是用这种方式来拒绝我了?"

"我没有……"

"那你说的话就是真的。所以你之前一直都是在骗我,是吗?"姗姗问出了自己最不愿意相信的一种可能。她强忍着痛苦看着马进,可依然没有得到正面的回答。她再也忍不住眼泪,不能相信被最相信的人欺骗这种事情会再一次发生在自己身上。

马进看到姗姗的眼泪,和逐渐离开他的身体,五脏六腑都被绞了起来,却无法说出真相。

"我哥都这样了!你还要干吗?"小兴从远处急急忙忙地跑了过来,他的语气里依然充满单纯。

只有马进能够听出这里面充斥了多少的害怕和虚假,就像他曾经维持着这个荒岛的虚假一样。而且只有他们两个人的时候,小兴已经几个月都没有叫过他哥了。他看着眼前这一切的荒谬,突然间大笑起来,他笑小兴的虚伪和其他人的愚昧,但他更笑自己的荒唐。直到姗姗颓然地扭头走远,他的笑容才僵在了脸上,却已经没有眼泪能流出来。

  小兴摸了摸马进的头,像是照顾家里不争气的弟弟:"没事。你过不去的坎儿,我帮你过。"

  "我想明白了,就按你说的办。等游轮来了咱们就走。"

  突如其来的一句话让小兴一下子没反应过来,他死死地盯着马进的眼睛,马进也没有丝毫闪躲。

  "你说的是真的吗?"

  "是真的。但我们得想办法。"

  小兴用力地拥抱了一下马进,希望曾经的堂哥真的回来了。

27

又是一个晚上,但这个晚上很特别,因为游轮今天就会来。

大船外挂着灯泡,点起了篝火,船里播放着音乐,一片节日的欢乐海洋。

人们按照小兴的安排把所有的酒都搬了出来,他们大摆欢宴。觥筹交错之间,欢乐的人们大笑着,或是拥抱,或是互相比画地游戏着。有人在篝火边唱起歌来,荒腔走板的曲调中,人们乐得前仰后合。

马进看着小兴把所有人都叫到了大船外面,这是他们两个人的计划,想要神不知鬼不觉地逃走,那就必须让大家都喝多。于是他让小兴公布了自己疯病治好了的消息,带领大家一起狂欢。当他跟别人抬着最后一桶酒从船里出来的时候,他瞅准机会偷偷敲掉了一个输油管道的阀门。油从管道里慢慢地流了出来。

小兴看着马进抬着酒从大船里走了出来,和人们因为酒精而潮红的脸,他放松了最后一丝警惕,配合着大家笑得更加疯狂。

"来,我跟我弟来一个。"马进放下酒,从身后一把架起小兴的两只胳膊,开始表演双簧。

"你说我疯我就疯,我看你们一个个比我疯。"他们两个人配合得很默契。马进拿手指小兴的脸,仿佛是在说小兴也是在说自己,"你说是我疯啊?还是你疯?还是你疯?"而小兴此刻也确

一 出 好 戏

实就像是他身体里长出来的一个人。

马进用小兴的手指点了一圈,趁着众人笑作一团的时候,他偷偷回头,看到已经有几股油从顶层沿着铁皮流到船外,但黑黢黢的油跟船体融到一块,其他人根本没有发觉。

人群中,只有姗姗面无表情地盯着马进的荒唐演出,独自不停地往嘴里灌着酒,试图灌醉自己。

"说实话我还真的是疯了,来岛之前就疯了,可没想到这疯病又传染给别人了。你说是不是啊?"马进用力地拍着小兴的胸口,说到最后一句的时候,他的手指正指着姗姗。

"你没疯。"姗姗一把推开马进的手,她的双眼迷离,除了酒精作用以外,更像是被生活彻底地麻痹了,她淡淡地说,"你不过是个骗子。全都是假的。"

紧绷着的小兴有近乎神经质的紧张,他担心真假的事情就此败露,更担心刚刚恢复正常的马进,因为姗姗再次变得疯狂。他立马从双簧的状态里跳了出来,自己张开了嘴反问姗姗:"真的假的有那么重要吗?现在不是挺好的吗?"

姗姗猛地把一杯酒扬在了小兴的脸上,她哭出了声,但这一次她哭出来的原因不是马进的欺骗,而是不知如何面对遍体鳞伤的自己。

"重要!我想不通为什么。我只想要点真的东西,有这么难吗?"姗姗说完这句话,好像用尽了全身的力气,身体来回地摆动了几下,险些就要摔倒。

马进也从小兴背后走了出来，刚才仿佛合二为一的两个人，此时又变成了两个独立的个体。小兴是从他身体里长出来的恶果，但那并不是他本人。

马进看着姗姗，极度愧疚："对不起，只是假的太好了，我太想把它变成真的了……"

"你说什么真的假的啊？"小兴慌张地打断了马进的话。

"小兴，这是真的吗？"马进扭过头，盯着曾经的堂弟，像是看着镜子里的又一个自己，他一步步逼了上去，又问了一遍，"这是真的吗？"

小兴害怕了，他一把推开马进，朝着他大喊："疯子！你到底好了没有？"

此时的另一个"疯子"，也在做着自己的打算。

小王敏感地意识到了今天的反常，在经历了多次电击以后，唯一保留的就是他的生存本能。他像动物一样，顺着海滩一遍遍地摸索，果然看到了一个新的筏子藏匿在海边礁石的弯洞下面。他恍然大悟，之前的一切闪电般地回到了脑子里，小兴打算逃跑，那就说明游轮还会再来，而且很可能就是今天！

小王意识到人们都放松了警惕，现在就是他逃跑的最好机会。他跳入海中，向洞中的筏子游了过去，解开了缆绳。

篝火边，醉醺醺的人们看着马进，提防着他再一次发疯。

但马进看起来特别的冷静，他从篝火里取出了一根火把，认真地看着大家，看着姗姗，看着小兴，用最理智的声音说："关于真的假的这事儿,我终于想明白了。其实就像这团火一样,它没有重量,也没有形状,那它是假的吗?它不存在吗?它存在。为什么?因为你们能感受到它的热,能看得见它的光,它能把眼前都给照亮了。"

马进边说边拿着火把装作不经意地朝大船的方向走去,他的余光看到油已经流出很多,要想行动的话只能是现在。

"你到底要说什么啊?"有人疑惑地问道。

"我要说的是……"马进突然变了表情,提高了音量大喊,"大船今晚就来,必须点火把船引过来!"

马进猛地转身,用尽全身的力量打算把火把朝大船扔去,却被小兴一把按住了手腕。

"这个疯子要烧船!"面目狰狞的小兴发现了正在滴油的大船。他们俩太了解对方了,似乎都能看穿彼此心里的想法。

慌乱的人群这才发现油已经顺着船舱流了出来。人们迅速地扑灭篝火,男人们迎上来试图按倒马进。

每一只手都试图拉扯住他,马进用尽全身力气用火把逼退众人。他刚想高擎火把继续往大船冲去,就看见一排男男女女已经手挽着手组成了一道防线,如临大敌,誓要阻止他的疯狂冲击。

心急如焚的马进向斜刺里跑去,速度惊人,不断地变换着方向,绕着弯朝着大船的方向奔去。

可很快更多的人涌了过来,组成密不透风的人墙。马进只能把手里的火把舞得呼呼生风,逼得人们不敢近身。但人们逼着他退到了另外一个方向，离大船更远了。

小兴疯了一样堵在他眼前，歇斯底里地质问："你为什么这么对我？"

"因为我是你哥，因为我爱你。"马进看着小兴疯狂的样子，完全就是另外一个陌生的人。他一把将小兴搂在了怀里，同时手伸向了小兴的内兜，用力拽出了那本《成功学》。

小兴察觉到危险，但被马进发狠推倒在地。他慌忙挣扎着站起来，追着马进向大船跑去。

人群汇到了一起，身后的小兴也追了上来，马进已经无处可去。在被众人扑倒之前，他只能用力将火把朝着大船的方向掷了过去。

火把朝大船飞去，恰恰落在了姗姗的脚边。她捡起火把，火的光亮将她的眼前照得一片光明，她的耳边听到了马进撕心裂肺的喊叫。

"姗姗！相信我！"

姗姗扭过头，面前是所有人杂乱无章的表情，而她却只能看到马进坚定不移的眼神。往事一幕幕地出现在眼前，关于爱情，关于美好，但更关于信任，她听到了自己内心的声音。

"马进，你这个骗子！我再相信你一次！"姗姗深吸了一口气，奋力地把火把朝大船扔了过去。

这一只小小的火把吊起了所有人的心，人们都像被定格了一样停住了脚步，看着火把一圈圈翻转着飞向大船，划出优美的弧

一 出 好 戏

线，在半空中被一根架着灯泡的电线挂了一下，改变了方向掉进了大船边的水坑里。

最后的希望熄灭了。

马进知道游轮来的时间就快到了，他知道已经没有机会了。

而其他的所有人都整齐地松了一口气，他们相信自己终于得救了。

此时，大船里晃晃悠悠地走出了一个人影，一开始还不能看清楚他的脸，直到他脸边的一点火光亮起，大家才认出那是叼着仅剩一口雪茄的张总。

张总明显也喝多了，他毫不知情地站在漏出的油旁，对着人群破口大骂："都他妈的干吗呢？！"

众人惊恐地张大了嘴，刚要异口同声地喊出声，就看到张总又深深地嘬了一口，火星在雪茄上摇摇欲坠。

就在一瞬间，马进第一个从静止的人群中活了过来，他冲上前，狠狠地给了张总一耳光。

雪茄从张总的嘴里掉落翻滚，火星遇油的一刹那，一道火线燃起。

看到成功点燃的火线，马进根本没有时间兴奋，他赶忙把《成功学》扔进了火中。火沿着油烧进船舱，熊熊火焰痛快地烧了起来。

疯狂的小兴反向大船里冲去，马进从身后拦腰抱住了他，看着那本书在火舌的舔舐中，完全被烧成灰烬，马进心里淤积多年的那块疙瘩也终于没了。看着燃烧的大船,人们彻底地疯了,他们将马进拽倒在地,厮打着他,像是要把他置于死地。

　　马进从大家疯狂的拳脚里爬了出来,躲避着追打向山上跑去。他身上的皮肉被打得青紫,头发被撕扯得凌乱不堪,就像一根根杂乱的藤蔓。他飞快地穿越树林,身体又被擦得遍体鳞伤,但他不管不顾地继续狂奔着,跑得他胸中也像燃起了一堆火,和大船一起烧了起来。令人绝望的追打声还在身后叫嚣着,就像梳子上的一排排小齿般朝前推进着,几乎就要从后头皮梳到头顶上。他害怕极了,但那双腿似乎是别人的,沉重得就要迈不开步,他费劲地跑上了山顶,却已经无路可去。怒吼声由远及近,他只能往后又退了几步,却突然感到脚下一空,整个人朝后掉下了万丈悬崖。

　　突然,一切都变得缓慢。

　　大火还在疯狂地烧着,火光越来越大,照亮了笼罩着小岛的黑夜。

　　天空好像越来越高,也离他越来越远。在马进眼里,大船就像一艘正在朝天空蹿升的火箭。他看到腾起的蘑菇云,在夜空中绚烂地绽放。

　　然后,远处一声熟悉的汽笛声传来。马进笑了,笑得那么轻松,带着他的一切沉入了大海。

28

马进从昏迷中醒来，已经是第二天早上。

他摇晃着站起身，蹒跚地向大船走去。他不能确信自己还活着，眼前的一切是不是就是死后的世界，直到他走到了大船的附近。

大船已被烧成废墟，空荡荡的钢铁骨架变成了碳黑色，像是一具远古巨兽的骨骼化石。四周已经空无一人，只剩下地上横七竖八地扔着的蓝白条纹衣服，人们好像都凭空消失了。

马进痴痴地看着，不敢确信这一切会不会是他做的一个怪诞的梦，其实这个荒岛上只有他一个人。

就在这时，他的身后传来了脚步声。马进慌忙地回过头。

那是一张他熟悉又期待的脸，上面还挂着昨天的烟熏。

"人呢？"马进用颤抖的声音问。

"船等不了就都先走了。"

"那你呢？"

"我留下来了。"

"然后呢？"

姗姗没再回答。

慢慢地,两个人笑了,他们笑得灿烂,笑得疯狂。

大海潮起潮落,万物适得其所。一切都回到了过去的模样,但一切又都不会再一样了。

尾声

平静的海浪中，隐隐约约地出现了一个筏子。一脸绝望的小王又漂了回来，很明显，在海上他又经历了一番一言难尽的磨难。他神色慌乱地把筏子停到岸边，发现周围空无一人，只剩下那座冰冷的大船废墟。

小王感到害怕，他感到周围充满了狡诈的陷阱，不由得爆发出一声大叫，像是要驱散心里所有的恐惧，撒腿向树林深处跑去。

几日后的海边，几个搜救队员登上荒岛，似乎在找寻什么。

远处的树叶里一阵婆娑晃动，叶子的空隙间露出了一双警惕的眼。

小王眼珠滴溜打转地看着四周，他的嘴里还嚼着半只蜥蜴。他又看了几眼，突然转身逃向森林的更深处。他在树林间敏捷地穿梭着，也许那里才是他最合适的归宿。

图书在版编目（CIP）数据

一出好戏/黄渤，黄湛中著.—上海：上海社会科学院出版社，2018
 ISBN 978-7-5520-2367-1

Ⅰ.①—…　Ⅱ.①黄…　②黄…　Ⅲ.①电影文学剧本—作品集—中国—当代　Ⅳ.①I235.1

中国版本图书馆CIP数据核字（2018）第133173号

一出好戏

著　　者：	黄　渤　黄湛中
责任编辑：	唐云松　王　勤
装帧设计：	人马艺术设计·储平
出版发行：	上海社会科学院出版社
	上海顺昌路622号　邮编：200025
	电话总机 021-63315900　销售热线 021-53063735
	http://www.sassp.org.cn　E-mail: sassp@sass.org.cn
印　　刷：	上海盛通时代印刷有限公司
开　　本：	889×1194毫米　1/32
印　　张：	7.75
字　　数：	153千字
版　　次：	2018年8月第1版　2018年8月第1次印刷

ISBN 978-7-5520-2367-1/I·287　　定价：39.80元

版权所有　翻印必究